Inhalt

»Was man so allgemein und so gerne thut, wie das Küssen, davon hört und liest man doch auch gerne, denk ich …«

Aus der Vorrede eines Kussbuches von 1802

Einleitung

Sag mir, wer einst das Küssen erfund?
Das war ein glühend glücklicher Mund.
Er küsste und dachte nichts dabei.
Es war im schönen Monat Mai.
Heinrich Heine (1797–1856)

Als Richard Burton und Elizabeth Taylor 1963 vor der Kamera standen und sich für den Film *Cleopatra* küssen mussten, hat es sie erwischt. Sie waren fortan einander verfallen. Es begann eine der skandalträchtigsten Liebesgeschichten des zwanzigsten Jahrhunderts.

Sie liebten, stritten, trennten und versöhnten sich. Sie heirateten und ließen sich scheiden, heirateten erneut und ließen sich abermals scheiden. Atemlos verfolgte nicht nur die Filmwelt diese leidenschaftliche Liebe, sondern die gesamte westliche Welt.

Und ohne dabei gewesen zu sein steht fest: Die Versöhnungen wurden mit Küssen besiegelt und die Liebesnächte von Küssen begleitet. Weil Küsse einfach dazugehören. Sie sind der Zunder, der das Feuer der Liebe entfacht, und sie sind die Glut, die die Liebe am Leben erhält.

Nicht alle Leinwandküsse sind also ohne Folgen. Selbst wenn Schauspieler deren Harmlosigkeit immer und immer wieder beteuern. Hin und wieder kommen sogar die hartgesottensten Profis ins Schwitzen oder reagieren mit einem Eifersuchtsanfall. Dann nämlich, wenn sie in eine Kollegin frisch verliebt sind und diese laut Drehbuchanweisung einen anderen küssen muss. Das jedenfalls gestand mir der Schauspieler Herbert Knaup.

In aller Regel gaukeln uns Filmküsse allerdings ungemein etwas vor. So soll das Publikum seinerzeit dahingeschmolzen sein, als sich Rhett Butler und Scarlett O'Hara im Film *Vom Winde verweht* küssten.

Die Realität des Zelluloidkusses sah freilich ganz anders aus. Zwar stockte Gerüchten zufolge Scarlett, also Vivien Leigh, beim Küssen ebenso der Atem wie den Zuschauern, aber keineswegs aus Leidenschaft. Vielmehr soll ihr Filmpartner Clark Gable den übelsten Mundgeruch in ganz Hollywood gehabt haben.

Wie dem auch sei, außerhalb des Filmsets kann sich niemand vorstellen, dass beim Küssen die Gefühle schweigen. Denn normalerweise hat Küssen viel mit dem Gefühl zu tun. Für Liebende ist der Kuss ein sicheres Zeichen der Zuneigung, ein gegenseitiges Versprechen, dass man einander gehört. Aus diesem Grunde gilt nicht zuletzt der öffentliche Kuss bei der Verlobung und Vermählung als Bestätigung des geschlossenen Bundes.

Nichts scheint einfacher, als jemandem einen Kuss zu geben. Aber wenn wir lieben, unser Herz klopft, benötigen wir eine ordentliche Portion Mut, um den ersten Kuss zu wagen.

Dann jedoch ist es endgültig geschehen. Wir wollen gar nicht mehr mit dem Küssen aufhören. Denn Küsse ebnen uns den Weg, den uns unser Herz oder unsere Liebeslust vorgibt. Küsse sind heimliche Verführer. Sie sind der Süßstoff der Liebe. Und weil sie all das sind, kommt ihnen eine Schlüsselrolle in der Liebe zu.

»Was macht mir nur Chloes Kuss zu schaffen?« sinniert Daphnis in einer der schönsten Liebesgeschichten aus dem 3. Jahrhundert. Tja, was macht er ihm zu schaffen? Er schmerzt sogar mehr als ein Bienenstachel. Daphnis' Atem fliegt, sein Herz will herausspringen, seine Seele zerschmilzt, und doch möchte er Chloe wiederküssen. Daphnis liebt. Er hat von der Liebe gekostet, und dagegen ist kein Kraut gewachsen, wie wir wissen. Deshalb heißt es ganz richtig in der Geschichte: Da helfen »nur Kuss und Umarmung und nackt beieinander liegen«.

So ist denn ein Kuss keineswegs bloß ein Kuss und gehört zu den intimsten Dingen, die Menschen miteinander tun können. Folglich begaben sich adlige und bürgerliche Männer und Frauen vergangener Tage nicht grundlos zum Küssen in Lauben, während sich das bäuerliche Jungvolk auf Tennen zu verbergen suchte. Diese Zeiten scheinen vorbei, auch jene, in denen Männer galant die Hände von Frauen küssten und davon träumten, es sei der Mund der Angebeteten.

Heute geht es heiß her. Küssende können allerorts beobachtet werden. Aber Vorsicht, nicht überall darf ungestraft geküsst werden. In Bangladesch ist den Studenten das Schmusen auf dem Unicampus bei Strafe verboten. 99 Peitschenhiebe drohen nach islamischem Recht demjenigen, der, ohne verheiratet zu sein, küsst! Und in manchen Gegenden Europas werden Frauen schief angesehen, wenn sie sich den Lippenspielen öffentlich hingeben.

Gar mancher muss selbst in unserem Lande mit einem Strafbefehl rechnen, wenn ihn die Kusslust überkommt. So verurteilte ein Kölner Amtsrichter einen 73-jährigen Rentner zu 900 Euro Strafe. Er hatte in der U-Bahn eine Frau von vierzig Jahren auf die Wange geküsst, und zwar mit den Worten: »Komm, Süße, lass dich küssen.«

Dennoch, keine Strafe der Welt vermochte der Kusslust Einhalt zu gebieten. Keine Moralvorschrift erreichte ihre Ausmerzung. Ja, sogar die sündigen Küsse, die nicht dem Mund gelten, ließen sich nicht verbieten. Zu verführerisch ist ihr Versprechen, zu wollüstig ihr Schauer, zu begierig sind die Lippen.

Mit sanfter Stimme sang einst Marilyn Monroe: »I wanna be loved by you, … wanna be kissed by you.« Schließlich hauchte ihr Kussmund »booboopidoo« ins Mikrophon. Die Luft vibrierte. Heerscharen von Männern stockte der Atem. Was für eine Sexgöttin, was für ein Versprechen! Wen interessierte, dass *booboopidoo* in keinem Lexikon vorkam. Die Botschaft war eindeutig.

Schon Venus, die Göttin der Liebe, wusste um die Kraft versprochener Küsse. Als sie tobte, weil Psyche nicht zu finden war, ließ sie nach ihr suchen. Und was verhieß sie dem Finder der Verhassten? Nun, nicht weniger als »sieben persönliche süße Küsse und einen extrasüßen und betörenden Zungenkuss«.

Ein Zungenkuss, welch außerordentlicher Lohn! Der innigste aller Mundküsse. Wer einen solchen Kuss verschenkt, gibt auch alles andere. Weshalb es nicht zuletzt in Italien hieß: »Donna baciata, mezza chiavata.« Also: geküsstes Weib, halb [gevögelt] koitiert. Etwas vornehmer drückten sich die alten Gelehrten aus, wenn sie verkündeten: »Denn ein Weib, das die Küsse nicht versagt, das pfleget auch selten das übrige zu versagen.«

Wahrlich, der Zungenkuss ist keineswegs ungefährlich. Das wussten auch die Moralapostel vergangener Tage. Ihnen war er ein arger Dorn im Auge, und so diffamierten sie ihn kurzerhand als Hurenkuss. In Nachschlagewerken war sogar von »Brandkugeln der Unzucht und giftigen Schlangenbissen der Seele« die Rede.

Und, vergiften Zungenküsse die Seele? Unzweifelhaft, denn sie sind das beste Liebesgift. Sie sind die Ouvertüre des Beischlafs. Auf raffinierte Weise simulieren sie den geschlechtlichen Akt und stimmen auf das ein, was da kommen wird. Sie sind in der Tat der »fangbarste Zunder der Sittlichkeit«.

Küssen haftet fraglos etwas Sexuelles an. Sie sind ein hervorragender sexueller Stimulus. Ein Kuss ist das Schönste, was wir in der Liebe verschenken können, und das Betörendste, was wir phantasieren, wenn wir verliebt sind.

Unzählige Dichter hofieren deshalb den Kuss. Kein Liebeslied, keine Liebesgeschichte, kein Liebesfilm ohne Kuss. Der Kuss und die Liebe gehen Hand in Hand. So selbstverständlich empfinden wir diese unlösbare Verbindung, dass uns derjenige als Grobian erscheint, der ohne Kuss zum Äußersten schreiten will.

Ja, ein Liebhaber, der die Kunst des Küssens nicht beherrscht, hat kaum eine Chance. Ein ungeschickter Kuss kann alles verderben. Das Urteil »Der kann ja nicht küssen« bedeutet zumeist das Aus einer gerade beginnenden Liebesbeziehung.

Dagegen wird ein hinreißender Kuss niemals vergessen. Mag der Küsser oder die Küsserin auch nicht besonders schön gewesen sein. Wehe jedoch dem, der so aussieht wie Brad Pitt oder Cameron Diaz, aber nicht küssen kann!

Du magst erobern mit dem Schwert,
aber du wirst erobert mit einem Kuss.
Daniel Heinsius (1580–1655),
holländischer Dichter

1
Warum ein Kuss so sinnlich ist

Es gibt Dinge, die man nur sagen kann,
wenn man sich dabei küsst,
weil die tiefsten und reinsten Dinge
vielleicht nicht aus dem Herzen hervorkommen,
wenn ein Kuss sie nicht ruft.
Maurice Maeterlinck (1862–1949),
belgischer Dichter

Autoren vergangener Tage fanden hinreißende Worte, um Küsse zu beschreiben. Deshalb geschah es nicht selten, dass die Phantasie der Leser oder Leserinnen ungemein angestachelt wurde. Waren sie erst einmal in den Sog der beschriebenen Küsse geraten und von deren Intensität und Süße umfangen, wären sie oft selbst gerne geküsst worden oder hätten ihre Lippen gern zum Kusse geboten. Die Vorstellung dieser leidenschaftlichen Küsse war einfach zu verführerisch.

So heißt es in einem Roman: »Ihr Kuss betäubte meine Sinne«, und in einem anderen schmeckt der Kuss gar nach frischen Rosen. Damit sind wir erst am Anfang der Kussschwärmereien, weil ein Kuss ebenso nach süßem Wein schmecken kann, nach Ambrosia, Milch oder reifen Erdbeeren. Die Lippen fühlen sich dabei an wie Blütenblätter, junger Wein oder zarter Tau. »Honigfein träufeln deine Lippen«, schwärmt nicht zuletzt Salomon im Hohelied von seiner jungfräulichen Geliebten.

Derartige Küsse wirken natürlich »berauschend« und »rauben den Verstand«, treiben zum »Wahnsinn« und »jagen beinahe Angst ein«. Es sind Küsse, die die innere Glut und Leidenschaft noch mehr entfachen. Sie verzaubern und lassen die Ratio verstummen.

Kurzum, es sind Küsse, die Verliebte austauschen. Freilich stammen diese Kussbeschreibungen allesamt von Männern, die den Kuss ihrer Angebeteten einfach hinreißend finden. Doch das bedeutet natürlich nicht, dass Frauen nicht ebenso hin und weg sind, wenn sie Küsse von ihrem Geliebten empfangen. Ganz im Gegenteil.

Der erste Kuss am Anfang einer Beziehung wird zumeist von Frauen nur zugelassen, wenn die Gefühle stimmen. Mit ihm öffnet sich das Tor ihrer Seele. Küsse sind für das weibliche Geschlecht in aller Regel von großer emotionaler Bedeutung. Deshalb können Frauen vom Küssen auch nicht genug bekommen. Für sie sind Küsse das köstlichste Gelee Royal der Liebe.

In Wahrheit – das wissen wir alle – schmeckt ein Kuss nicht per se nach Honig oder Wein. Diese Geschmacksrichtungen sind lediglich Metaphern, um das Betörende an einem Kuss beschreiben zu können. Ausgenommen sind natürlich jene Küsser, die mit Kalkül vor dem Küssen am Honig geschleckt oder am Wein genippt haben. Sie wollen ihren Lippen und ihrem Speichel ein zusätzliches Aroma beimengen, damit der Kuss noch köstlicher schmeckt.

Das ist jedoch gar nicht erforderlich, es sei denn, man ist auf der Suche nach neuen Kussspielereien. Denn eigentlich bedarf es keines zusätzlichen Beigeschmacks, weil Küsse an sich schon genügend Zauberkraft besitzen, um alle Sinne zu berauschen.

Bekanntlich versetzt schon die Berührung der zarten Lippen den Körper in helle Aufregung, was mit unseren hochsensiblen Schleimhäuten zusammenhängt. Sie können ungeheure Lust verschaffen, in weit größerem Ausmaß als die übrige Körperhaut. Ebenso sensibel und feinfühlig ist die Zunge, die die winzigsten Unebenheiten, Temperaturunterschiede und Geschmacksnuancen wahrnimmt.

Die Empfindungen von Lippen und Zunge werden zudem enorm gesteigert, wenn zwei Lippenpaare und zwei Zungen aufeinander treffen. Die Weichheit der Lippen und die Geschmeidigkeit der Zunge wirken wie Multiplikatoren der eigenen Tastempfindungen. Sie steigern die Sinnesempfindung enorm.

Von Geburt an gehören Mund und Zunge zu den reizbarsten Körperstellen. Der Mund ist deshalb außerordentlich gut geeignet, Lust zu wecken und Lust zu steigern. Das merken wir beim Essen ebenso wie in der Liebe.

Aus diesem Grund werden im Liebesspiel besonders die sensiblen Stellen des Körpers mit den Händen und dem Mund aufgesucht. Man stimuliert den anderen und verschafft sich selbst allerhöchsten Genuss. Kurz gesagt, es gibt keine besseren Möglichkeiten, als mit Hilfe der Lippen einander auf die körperliche Liebe einzustimmen.

Gerade weil der Mund, sprich der Kuss, für das sexuelle Vorspiel ausnehmend gut geeignet ist, sollte auf ihn nicht verzichtet werden. Deshalb wurde er auch schon von jeher empfohlen, um das weibliche Geschlecht zur Liebe zu verführen oder auf den Koitus vorzubereiten.

In einem alten arabischen Buch, das auf den Anfang des sechzehnten Jahrhunderts datiert wird und den unverfänglichen Titel *Der blühende Garten* trägt, finden wir folgenden Rat für einen guten Liebhaber:

> »Glaube mir, die Küsse, die Bisse, das Saugen der Lippen, die Umarmungen, die Besuche des Mundes auf den Spitzen der Brüste und das Schlürfen des frischen Speichels, das ist es, was die Zuneigung dauerhaft gestaltet. Auf diese Weise finden die beiden Höhepunkte zu gleicher Zeit statt; die Wollust stellt sich bei der Frau wie beim Mann in demselben Augenblick ein. Der Mann fühlt dann sein Glied vom Schoß ergriffen, was bei beiden Teilen die süßesten Wonnen der Lust erweckt. Das ist es, was die Liebe erblühen lässt, und wenn die Einung sich nicht auf diese Weise abspielt, wird die Frau keinen vollständigen Genuss haben und die Wonnen des Schoßes werden sich nicht einstellen.«

Beispiele für Kussempfehlungen als erotische Reizmittel finden wir auch in den ältesten Liebesbüchern der Welt. So in der ca. 2000 Jahre alten *Ars amatoria* des römischen Dichters Ovid sowie in der *Kamasutra,* dem indischen »Sexualhandbuch« der Liebeskunst. Letzteres wurde vor mehr als 1500 Jahren geschrieben und beschreibt etwa »bebende«, »die Liebe entfachende« oder gar »offenbarende« Küsse.

Sieht es zunächst so aus, als sei ein Kuss ein harmloses Ding, so müssen wir spätestens jetzt erkennen, dass er in Wirklichkeit die Liebenden außer Rand und Band versetzen kann. Nicht umsonst reimte man im Barock: »Je mehr man an der Liebsten leckt, je mehr wird man in Brand gesteckt.« Und wir können getrost zustimmen, wenn vermutet wird, dass einer Vereinigung der Münder alsbald die der Körper folgen wird.

Deshalb diente der Kuss in früheren Spielfilmen auch als Symbol für die geschlechtliche Vereinigung. Küssten sich die Protagonisten, bevor das Wort *Ende* am Schluss eines Films erschien, war jedem Zuschauer im Kinosaal klar, nun waren sie endlich ein Liebespaar. Nun konnte nur noch das Eine folgen …

Im alltäglichen Leben sieht es nicht viel anders aus. Der Kuss, da gibt es kein Wenn oder Aber, ist eine wortlose Absprache der Gefühle, besonders aber der heißeste Kuss: der Zungenkuss. Zunächst, das steht außer Frage, werden schüchterne Küsse ausgetauscht. Stehen jedoch hinter diesen Küssen Liebesgefühle, folgen alsbald Zungenküsse, die ein Zurück kaum noch zulassen.

Zungenküsse sind diejenigen Küsse, vor denen Kinder aus noch nicht geklärten Gründen zurückschrecken. Sie mögen es nicht, wenn man ihnen die Zunge in den Mund steckt. Wohingegen Jugendliche diesbezüglich aus ganz anderen Gründen in Panik geraten. Haben sie nämlich nur geringe Kusserfahrungen gesammelt, fürchten sie sich ungemein vor dem ersten *richtigen* Kuss, weil sie unsicher sind, wie so ein Kuss genau funktioniert.

Der Zungenkuss wurde und wird auch *französischer Kuss* genannt. Nicht zu verwechseln mit »es französisch machen«, womit der Oralverkehr gemeint ist. Präziser noch muss es Fellatio oder Cunnilingus heißen, also die Berührung des männlichen beziehungsweise weiblichen Geschlechtsteils mit dem Mund.

Allerdings haben die Franzosen den Zungenkuss keineswegs erfunden. Wohl aber halten wir Deutsche unsere französischen

Nachbarn für ausgebuffte Liebhaber, weshalb wir raffinierten Liebespraktiken gerne französische Attribute zuordnen. Tatsächlich jedoch waren sowohl der Zungenkuss als auch der Oralverkehr weltweit den allermeisten Völkern von jeher bekannt.

Der Zungenkuss ist jedenfalls fester Bestandteil der Liebeswerbung und hat wesentlichen Anteil am geschlechtlichen Vorspiel. Er ist, wie es ganz richtig im neunzehnten Jahrhundert hieß, ein Vorgeschmack und eine schüchterne Probe des Beischlafs. Mehr noch, er kündigt den Koitus an.

Meine Wäsche ist weiß.
und mein Körper riecht gut,
meine Küsse sind heiß,
und heiß ist mein Blut.
Heinrich Zille (1858–1929)

Das macht diesen Kuss so ungemein sinnlich, prickelnd und gefährlich. Wegen seiner rasanten Wirkungsweise wurde er von den alten Griechen auch »stürmischer Kuss durch Verbinden der Münder« genannt. Und auch heute legen Menschen davon Zeugnis ab, welche besondere Bedeutung er im Liebesleben einnimmt.

Bei einer Befragung, ob der Geschlechtsverkehr oder ein Zungenkuss intimer sei, antwortete ein 38-jähriger Mann: »Ehrlich gesagt, mit dem Schwanz kannst du lügen, mit der Zunge nicht!« Eine 42-Jährige empfindet den Unterschied ähnlich. Sie meinte: »Wenn ich nicht ganz in Stimmung bin, kann ich schon mal mit meinem Mann schlafen, aber richtig leidenschaftlich küssen, das geht nicht.«

In gewisser Weise symbolisiert der Zungenkuss den Geschlechtsverkehr, und den Küssenden ist das durchaus bewusst. Häufig fungiert der Zungenkuss deshalb sogar als Ersatz für den Koitus. Zum Beispiel bei Jugendlichen, wenn die geschlechtliche Berührung vermieden werden soll. Aber auch bei Erwachsenen hat leidenschaftliches Küssen durchaus den gleichen Zweck.

In manchen Religionen gilt noch heute der Geschlechtsverkehr vor der Ehe als strenges Tabu, zumindest was das weibliche Geschlecht anbelangt, etwa in streng katholischen oder muslimischen Gegenden. Dennoch kommt es wohl häufig genug zum Kuss oder auch zum leidenschaftlichen Kuss. Aber alles, was sich unterhalb der Gürtellinie befindet, gleicht einer Terra incognita: Zutritt verboten.

Als es noch keine Antibabypille gab, war heftiges Küssen unter Ausschluss des Koitus auch in weniger traditionellen und religiösen Gesellschaften angesagt. Im Amerika der fünfziger und sechziger Jahre, aber auch in Europa, war Petting en vogue. Was nichts anderes war als heiße Liebesspiele ohne Geschlechtsverkehr.

Dabei unterschied man zwei Formen. *Heavy Petting* und *Necking* (von neck, also Hals). *Heavy Petting* schloss die Stimulierung der weiblichen Brust sowie der Genitalien von Mann und Frau mit ein. Während *Necking* eine Form von Petting war, das sich nur bis zum Hals erstreckte. Beide Arten der sexuellen Stimulierung wurden von Amerikanern ausgiebig praktiziert und führten in 28 Prozent der Fälle sogar bis zum Orgasmus, besonders bei Männern.

Das jedenfalls ermittelte der große Sexualforscher Alfred C.

Kinsey. Zudem fand er heraus, dass amerikanische Männer der Mittelschicht zwar Dutzende Frauen geküsst, keineswegs aber mit ihnen geschlafen hatten. Ganz anders bei Männern aus den unteren Schichten. Sie konnten mit unzähligen Mädchen koitiert haben, ohne auch nur eine von ihnen geküsst zu haben.

Nichtsdestoweniger haben wohl alle Amerikaner jener Jahre Erfahrungen mit dem Zungenkuss gesammelt. Gehört er doch zu den intimsten und auch zu den stimulierendsten Küssen.

Bereits die Liebesdienerinnen vergangener Jahrhunderte setzten diese Kussart mit Erfolg ein. In der Bibel ist es beispielsweise eine Buhle, also eine Prostituierte, die einen Jüngling auf »unverschämte Weise küsst«. Der unerfahrene junge Mann ließ sich den Zungenkuss gefallen und folgte der Buhle alsbald »wie ein Ochse« zu ihrem Lager.

Selbst japanische Freudenmädchen von hohem Stand haben diesen Kuss verschenkt. Freilich nur dann, wenn sie in den Freier verliebt waren. Ansonsten war der Zungenkuss eine Angelegenheit, die nur im Schlafzimmer verheirateter Paare anzutreffen war. Er gehörte zu den vertraulichsten und intimsten Zärtlichkeiten, die Japaner miteinander austauschten.

In den besseren Bordellen Europas haben sich die »Mädchen« ebenfalls küssen lassen. Das belegen immer wieder Tagebücher und Erzählungen von Schriftstellern, die mit Freudenmädchen Umgang pflegten. Und auch heutzutage gehört der Kuss für Frauen, die ihren Körper gegen Geld anbieten, zum Geschäft. Wohl weniger auf dem Auto- und Straßenstrich oder in den billigen Bordellen als vielmehr bei den sogenannten »Edelnutten« und Callgirls. Sie schließen den Mundkuss nicht unbedingt aus und lassen ihn sich je nach Ausführung extra bezahlen. Manche bieten den Zungenkuss sogar als Besonderheit ihrer Liebesdienste an und werben mit entsprechenden Kleinanzeigen in Tageszeitungen.

Der Kuss ist eben eine ernste Angelegenheit. Anders als der Koitus verlangt er eigentlich Gefühle, Hinwendung und die Bereitschaft, sich fallen zu lassen. Im Gegensatz zur geschlechtlichen Vereinigung ist unser Sinnenapparat beim Küssen direkt und in einer ganz besonderen Weise angesprochen. Wir reagieren nämlich mit allen Sinnen, und unsere Sinneseindrücke müssen stimmen.

Bei einem »guten« Kuss vermitteln wir einander genau das. Der Kuss ist in diesem Sinne ein Austausch der seelischen Verfassung. Und man muss schon ziemlich geübt oder abgebrüht sein, um dem anderen mit dem Kuss etwas vorgaukeln zu können.

Was aber geschieht genau beim Küssen? Wir haben ja schon gesehen, dass der Tastsinn beim Mundkuss agiert und uns wesentliche Empfindungen liefert. Aber wir schmecken auch zugleich, wir riechen und hören. Selbst die Augen spielen eine nicht unerhebliche Rolle, wenn sich die Münder berühren.

Beginnen wir mit den Augen. Sie sind ein wichtiger Meilenstein bei der Eroberung einer Person, denn mit den Augen kommunizieren wir. Der Blick verrät einfach alles, und die Augen sagen uns, ob der richtige Moment gekommen ist. »Schau mir in die Augen, Kleines«, raunt Humphrey Bogart seiner Partnerin Ingrid Bergman in *Casablanca* entgegen. Was will er? Nun, er will sehen, was sie wirklich fühlt.

Man kann eine Menge in den Augen sehen, besonders wenn man sich nah ist. Da kann es sogar passieren, dass man in den Augen des anderen versinkt oder dass man von den Augen gefangengenommen oder in den Bann gezogen wird. Vorausgesetzt, beide Beteiligten »fahren aufeinander ab«.

Wird der intensive Augenkontakt auf enger Distanz zugelassen, geschieht etwas Unglaubliches. Die sich begegnenden Blicke verschmelzen und erzeugen ein undefinierbares, sehnsüchtiges Einswerden, das sogleich den Verstand außer Gefecht setzt. Nun führt allein das Gefühl das Regiment.

Oh, sie liebten sich innig;
ihre Seelen küssten,
sie küssten mit den Augen,
sie waren beide
nur ein einziger Kuss!
Heinrich Heine (1797–1856)

Kommt es zu einer erotischen Situation, vergrößern sich die Pupillen unweigerlich, was die geliebte Person noch interessanter und geheimnisvoller macht. Ist es dann endlich so weit und steht der Kuss kurz bevor, verringert sich die Körperdistanz wie von selbst auf ein Minimum. Es entsteht im wahrsten Sinne des Wortes der innigste Augenblick.

Dieses Anschauen vor dem Kuss bewirkt eine ausnehmend prickelnde Kussatmosphäre. Sogleich tasten die Augen das Gesicht ab, der richtige Moment wird abgepasst, und die Köpfe nähern sich einander. Nun schließen sich die Augen in sehnsuchtsvoller Erwartung der Mundberührung.

Kommt es im weiteren Verlauf des Kusses zu einem Zungenkuss, tritt der Geschmackssinn in Aktion. Auch das kann trunken machen, denn der Geschmack des Speichels wirkt wie ein Aphrodisiakum. Werden dagegen andere Körperstellen geküsst, so geben auch diese Geschmack ab, was ebenso äußerst anregend und betörend wirken kann.

Dabei können die Eindrücke des Geschmacks von denen des Geruchssinns kaum unterschieden werden. In früheren Jahrhunderten war deshalb auch nur von einem Sinn die Rede, dem Oralsinn.

Hippolyd Cloquet bezeichnete die beiden Sinne 1824 daher als Zwillinge. Der große Geruchsforscher meinte sogar, dass sie ein einziges Gefühl vereint und leitet. Ein Jahr später formulierte kein Geringerer als der französische Feinschmecker und Schriftsteller Anthelme Brillat-Savarin, dass Geruch und Geschmack einen einzigen Sinn bildeten, dessen Labor der Mund und dessen Kamin die Nase sei. Für den Kenner wahrer Tafelfreuden war die Nase der vorgeschobene Wachposten des Mundes.

Wie reife Kirschen winken mir deine Lippen,
ich will Küsse trinken!
William Shakespeare (1564–1616),
Ein Sommernachtstraum

Was wir häufig als Geschmack ansehen, ist in Wirklichkeit lediglich Geruch. Vanille zum Beispiel ist ein reiner Geruchsstoff, ebenso Minze. Die enge Verknüpfung von Geruch und Geschmack macht eine Unterscheidung der Sinneswahrnehmung sehr schwer. Ein Normalsterblicher wird noch nicht einmal glauben können, dass das, was er da schmeckt, nur ein Duft sein soll.

Anders ergeht es den Geruchs- und Geschmacksspezialisten, etwa den Parfümeuren oder Lebensmittelkostern. Ein Dégustateur weiß genau, dass er bei der Weinprobe ohne Geruchssinn aufgeschmissen ist. Selbst der Nichtfachmann kann den vollen Geschmack von Getränken und Speisen nicht genießen, sofern die Nase nicht funktioniert.

Geschmack kann ohne Geruch nicht auskommen. So wundert es nicht, dass Menschen, die zum Beispiel geruchsblind sind, wenig Gefallen am Essen haben und einigen sogar die Lust auf die Sexualität vergeht.

Entsprechend kommt auch der Geschmackssinn beim Küssen nicht ohne die Nase aus. Was den Kuss so ausnehmend gut schmecken lässt, sind unter anderem die Bestandteile der Geruchsstoffe, die über die Nase abgegeben werden: der Atemluft, des Duftes der Mundhöhle usw. Wiederum duften Atemluft und Speichel besonders attraktiv, wenn wir in erotischer Stimmung oder sexuell erregt sind.

Überhaupt scheint der Atemduft beim Kuss ein ganz besonderes Liebeselixier zu sein. Was wir auch bei Friedrich Schiller nachlesen können. In seinem Drama *Die Braut von Messina* lauten die hinreißenden Zeilen, die den Zauber des Atemduftes beschreiben:

»… Als ich
Die Augen wandte, stand sie mir zur Seite,
Und dunkel mächtig, wunderbar, ergriff
Im tiefsten Innersten mich ihre Nähe.
Nicht ihres Lächelns holder Zauber war's,

Die Reize nicht, die auf der Wange schweben,
Selbst nicht der Glanz der göttlichen Gestalt –
Es war ihr tiefstes und geheimstes Leben
Was mich ergriff mit heiliger Gewalt;
Wie Zaubers Kräfte unbegreiflich weben –
Die Seelen schienen ohne Worteslaut
Sich ohne Mittel geistig zu berühren,
Als sich mein Athem mischte mit dem ihren,
Fremd war sie mir und innig doch vertraut,
Und klar auf einmal fühlt' ichs in mir werden,
Die ist es, oder keine sonst auf Erden!«

Die große Bedeutung des Duftes zeigt sich bei jeglichem Kuss, denn neben dem Tastsinn ist es hauptsächlich der Geruchssinn, der uns zum Küssen treibt. Sobald wir in den Dunstkreis einer Person eintreten, riechen wir sie. Und diesen Geruch müssen wir mögen. An der Redewendung »den kann ich nicht riechen« ist folglich viel dran. Einen Menschen, der unseren Geruchsvorlieben nicht entspricht, küssen wir auch nicht gern.

Wir riechen beim Küssen allerhand und vor allem sehr differenziert. Neben dem Atem- und Speichelduft nehmen wir besonders den Hautgeruch und vor allem aber den spezifischen Schweißgeruch wahr. Ebenso werden künstliche Duftstoffe wahrgenommen wie zum Beispiel die von Shampoo, Haargel, Deo, Seife, Zahncreme oder Parfüm.

Das Beschnuppern beim Küssen ist zumeist ein unbewusster Vorgang. Jedoch ein sehr wichtiger, denn mit Hilfe des Geruchs stimmen wir uns aufeinander ein und überprüfen, ob wir zueinander passen. Gefällt unserer Nase, was in sie eindringt, werden wir zusätzlich zu weiteren Küssen angeregt und sexuell beflügelt.

Dass das Küssen viel mit dem Riechen und mit der Liebe zu tun hat, offenbart sich auch in der Sprache. Zum Beispiel bedeutete im indoiranischen Raum in früheren Zeiten die Silbe *ghrâ* sowohl küssen als auch beriechen. Die Perser wiederum sagen: Ich bekomme den Geruch von jemandem in die Nase, was soviel heißt wie: Ich bekomme Sehnsucht nach ihm. Ebenso haben die Franzosen für *riechen* und *fühlen* nur ein Wort: *sentir*.

Dass die Düfte der geliebten Person auf unseren Sinnenapparat in besonderer Weise wirken, wissen die meisten aus eigener Erfahrung. Kaum wird der Geruch der Geliebten wahrgenommen, ist man auch in Gedanken gleich bei ihr und wird förmlich zur Liebsten gedrängt.

Beim Küssen sind die Sinnesempfindungen untrennbar miteinander verbunden, sie verschmelzen sozusagen. Und während des Küssens vergessen wir die Welt um uns herum. Was allein zählt, ist der nächste Kuss. Die Liebenden befinden sich – nach den Worten Arthur Schopenhauers – »im Wahn ohne Gleichen«.

Der Gipfel des Glücks ist erklommen, wahrgenommen wird allein der sinnliche Rausch, der im wesentlichen durch Tasten, Riechen und Schmecken zustande kommt.

Und auch das Gehör ist nicht zu vergessen. Wobei aufdringliche Saug- und Kussgeräusche den Genuss eher dämpfen oder gar zum Erlöschen bringen können. Zärtliche Worte zwischen den Küssen können hingegen den Kussgenuss unermesslich steigern.

Im Augenblick des Kusses, genauer gesagt, zwischen den Küssen, wirken verführerische Liebesworte wie Schlüssel, die die noch verschlossenen Türen öffnen. In diesen innigen Momenten des Beisammenseins sind die Liebenden aufs höchste empfänglich für Liebesversprechungen und Liebesoffenbarungen.

Wer ist so dumm und mischt nicht
Küsse unter die schmeichelnden Worte?
Ovid (43 v. u. Z.–17 n. u. Z.),
römischer Dichter

2
Was ein Kuss vermag

Ich verstehe deine Küsse
und du meine.
Das ist die Sprache des Gefühls.
William Shakespeare (1564–1616)

»A kiss is just a kiss«, sang einst Sam in dem bekannten Filmklassiker *Casablanca.* Doch schon Sam, der mit richtigem Namen Dooley Wilson hieß, wusste, dass ein Kuss keineswegs bloß ein Kuss ist. Man denke bloß an den ersten Kuss oder an jene Küsse, denen ungeduldig entgegengefiebert wird.

Plötzlich kribbelt es im Bauch, weil sich endlich die eigenen Lippen mit denen des Angebeteten oder der Angebeteten vereinen. Und was für ein überwältigendes Gefühl, wenn es dann zu einem *richtigen* Kuss kommt. Das kann einen schon einmal aus den Schuhen hauen, wie es so schön heißt.

In den Zeiten jedenfalls, als sich Frauen noch schnürten, soll es sogar die eine oder andere Dame gegeben haben, die von einem Kuss mit allem Drum und Dran ohnmächtig geworden ist. Der Geküssten ist im wahrsten Sinne des Wortes die Luft weggeblieben.

Derartige Gefühle und Körperreaktionen entstehen natürlich nur, wenn man sich mag, liebt oder begehrt. Nur dann wird die Seele berührt und die Gefühlswelt in Aufruhr versetzt. Nimmt die Seele hingegen keinen Anteil an der Lippenberührung oder fehlt die innere Teilnahme, dann ist der Kuss ein leeres, totes, uninteressantes Ding.

Aber selbst wenn nicht die ganz großen Gefühle mit im Spiel sind, bewirkt ein Kuss allerhand. Er kann beruhigen, trösten, beschwichtigen, ein Versprechen besiegeln und Freundschaft bekunden. Offenbar kann er sogar die Seele aufmuntern, das Gemüt erheitern und Kranken als hilfreiche Medizin dienen.

Kaiser Rudolph von Habsburg sollen Küsse auf ganz wunderbare Art belebt haben. Als er schon sehr alt und schwindsüchtig gewesen war, lud er des Öfteren seine Fürsten, Grafen und andere Größen seines Reiches nebst ihren Gemahlinnen und Töchtern ein. Beim Eintreffen küsste er sodann die weiblichen Gäste aufs freundlichste.

Dem Herrscher waren die Küsse, wie er meinte, die beste Medizin. Gemäß seinen eigenen Aussagen kannte er keine Arznei, die wirkungsvoller seinen Leib erquicken könne, als wenn er der Küsse frischen lieblichen Odem in sich aufnähme.

Eine ähnliche Heilmethode praktizierte man schon lange vor Kaiser Rudolph. Sie wird Sunamitismus genannt und basiert auf der angeblich heilenden Wirkung von Körperausdünstungen junger Personen, insbesondere von Jungfrauen.

In der Bibel ist beschrieben, wie dem alten König David durch Sunamitismus das Leben verlängert wurde. Zur Pflegerin hatte man ihm die schöne Abisag von Sunem gegeben, der er allerdings nicht beigewohnt haben soll. Wahrscheinlich, weil er dazu auch keine sexuelle Kraft mehr besaß. Wohl aber soll er sie geküsst haben, denn zum Küssen ist man niemals zu alt.

Küsse sagen uns, was wir fühlen, und offenbaren uns ebenso, was der andere fühlt. Sie sind das Thermometer unserer Emotionen. In der Freundschaft wie in der Liebe. Selbst im Eheleben sind sie der beste Gradmesser des Glücks, wie bereits 1805 der Kussforscher Friedrich Hempel diagnostizierte. Weil Gattenküsse süße Pflicht und bitterer Zwang sein können, Hausmannskost und Ambrosia, Eisschollen und feurige Kohlen.

Oh! Es war ein süßes Neigen;
Bis wir endlich, Mund an Mund,
Fest uns hielten, ohne Zeugen:
Und geschlossen war der Bund.
Johann Georg Jacobi (1740–1814),
Philosoph und Lyriker

Auch heutzutage sind eheliche Küsse von Interesse, wenn es darum geht, eine Partnerschaft einzuschätzen. Ehetherapeuten und Fachkräfte von Eheberatungsstellen fragen deshalb auch stets nach dem Kussverhalten. Sie wissen, dass das Küssen mit als Erstes aufhört, wenn eine Beziehung auseinandergeht. Überraschenderweise fällt es gerade Paaren, die schon viele Jahre zusammen sind, oft leichter, miteinander zu schlafen als sich innig zu küssen.

Wer küsst und geküsst wird, der schenkt und wird beschenkt. Und diese Geschenke zeigen Wirkung. Denn beim Küssen geschieht so allerhand im und mit dem Körper. Die Forschung hat längst herausgefunden, was heiße Küsse alles auslösen können. Hier einige Ergebnisse:

Der Körper ist in Aufruhr

Beim Kuss gerät der ganze Körper in Aufregung und Anspannung. Das Herz verdoppelt seinen Schlag. Der Blutdruck steigt, die Atemfrequenz erhöht sich. Zugleich wird die Haut intensiver durchblutet, und die krankmachenden Stresshormone werden reduziert. Die Nebennieren setzen Adrenalin frei.

Das Immunsystem wird aktiver

Die Bauchspeicheldrüse produziert während des Küssens mehr Insulin. So gelangen mehr Abwehrzellen ins Blut. Das ist deshalb vielleicht wichtig, weil während des Küssens innerhalb von zehn Sekunden 300 bis 22 000 Bakterien und Keime übertragen werden.

Botenstoffe werden freigesetzt

Bei Berührung der hochsensiblen Lippen setzen die Nebennieren Neuropeptide (chemische Stoffe) frei. Sie sollen zu einem Glückskick führen. Zugleich werden Endorphine vom Gehirn ausgeschüttet, so genannte Glückshormone. Es handelt sich nur um Mikromengen, die aber regelrecht in Hochstimmung versetzen können. Würde man sie mit Morphium vergleichen, hätten Küsse eine 200-mal stärkere Wirkung.

Säfte des Körpers werden angeregt

Beim Küssen kommen die Schweißdrüsen auf Touren und schütten Duftstoffe aus, die sexuell stimulierend wirken. Die Speichelmenge erhöht sich, und der fremde Speichel fungiert quasi als Schluckimpfung, weil die im Speichel enthaltenen Bakterien die Abwehrkräfte herausfordern.

Fit durchs Küssen

Bei einem langen Kuss werden bis zu 38 Gesichtsmuskeln angeregt. Wobei das Küssen nicht ohne Kraftaufwand betrieben wird. Denn immerhin kann der Lippendruck bis zu 15 kp betragen. Das Gute: Vom Küssen soll man eine straffe Gesichtshaut bekommen!

Küssen versus Sahnetorte

Zwölf Kalorien werden verbraucht, wenn der Kuss drei Minuten dauert. Will man also das sündige Stück Sahnetorte wieder ausgleichen, muss man eine Stunde und vierzig Minuten dauerknutschen!

Bonuspunkte fürs Leben

Forscher haben ausgerechnet, dass sich der Durchschnittsmensch in siebzig Jahren etwa 110 000 Minuten dem Küssen hingibt. Das sind immerhin mehr als 76 Tage und soll die Lebenserwartung um fünf ganze Jahre verlängern!

Austausch von Flüssigkeiten

Bei einem Kuss werden durchschnittlich 60 mg Wasser, je 0,7 mg Eiweiß und Fett, 0,4 mg Salz und 0,16 mg Speichel ausgetauscht.

Eine chemische Angelegenheit

Küssen ist tatsächlich eine Sache der körperlichen Chemie. In der Pubertät entwickeln sich im Mundinnern und an den Lippenrändern Ansammlungen von Talgdrüsen. Sie produzieren Substanzen, die sogenannten Semiochemikalien. Bei Berührung werden diese biologischen Stoffe freigesetzt und übertragen. Auf dem Mund des Partners angekommen, erhöhen Semiochemikalien das sexuelle Verlangen.

Weitere wissenswerte Fakten zum Küssen

Rechtsküsser

Zwei Drittel aller Menschen halten die Nase beim Küssen rechts. Diese Rechtsvorliebe kann schon im Mutterbauch beobachtet werden, denn das Ungeborene dreht seinen Kopf lieber in die rechte als in die linke Richtung. Möglicherweise bedingt diese Präferenz nicht nur die spätere Kusshaltung, sondern alle anderen Körpersymmetrien. Etwa auch, in welches Auge lieber geschaut wird.

Gute Liebhaber

Die meisten Frauen glauben, dass ein guter Küsser auch ein guter Liebhaber ist. Wohingegen das Gros der Männer nicht davon überzeugt ist. Sie glauben nicht, dass unbegabte Küsserinnen auch schlecht im Bett sind.

Keine Chance bei einem schlechten Kuss

Eine Nachrichtenagentur aus Großbritannien teilte mit, dass sich neun von zehn Befragten nicht wieder mit jemandem treffen würden, der sie schlecht geküsst hätte.

Wie Schokolade

Die Mehrzahl der Frauen würde lieber auf den Sex verzichten als auf das Küssen. Denn das Küssen bereitet ihnen genauso ein großes Vergnügen wie Schokolade. Anders die Männer. Sie verzichten eher auf einen Kuss als auf Sex.

Nationale Kussfreudigkeit

Die meisten Menschen auf der Welt küssen. Man sagt, es seien neunzig Prozent. Am heftigsten sollen die Franzosen dem Küssen verfallen sein, sofern Wangenküsse mitgezählt werden. Deutsche küssen täglich 3,2-mal freundschaftlich und 1,3-mal wonnig oder wollüstig.

Küsse wirken Wunder

Nicht selten können Schmerzen gelindert werden, wenn die verletzte Körperstelle geküsst wird. Das wirkt natürlich am besten bei harmlosen Verletzungen und am allerbesten bei Kindern oder Verliebten.

Hoch bezahlt

Marilyn Monroe plauderte einst aus: »Hollywood ist ein Ort, wo sie dir 50 000 Dollar für einen Kuss und 50 Cent für deine Seele zahlen.«

Fast wie Zähneputzen

Küssen ist gut für die Zähne, weil es die Speichelbildung anregt. Der Säurespiegel im Mund sinkt, wodurch die Entstehung von Zahnstein verhindert und der Zahnverfall geringer wird. Zudem wird durch den vermehrten Speichel Erregern der Nährboden entzogen.

Safer Sex

Eine Übertragung des AIDS-Virus von Mund zu Mund ist nach heutigem wissenschaftlichem Stand ausgeschlossen. Selbst Küssen unterhalb der Gürtellinie gilt laut Angaben der Ärzte als unbedenklich, sofern keine Verletzungen im Mundraum vorliegen, wie beispielsweise Zahnfleischbluten, Mundausschlag und andere Schleimhautdefekte, bei denen es zu Blutungen und Blutaustausch kommen kann.

Küsse bleiben im Gedächtnis

Nahezu jeder kann sich an den ersten Kuss erinnern. 82 Prozent aller deutschen Frauen wissen sogar noch den Namen des Jungen, der als Erster ihre Lippen liebkoste.

Zu manchen Zeiten küsst man mehr

Vor der Hochzeit dauert ein Kuss durchschnittlich zehn Sekunden, nach der Hochzeit nur noch drei Sekunden. Sind wir verliebt, können wir gar nicht mehr mit dem Küssen aufhören. Ist dagegen die Liebe abgekühlt, kostet ein Kuss viel Überwindung.

Partnerschaft

In 42 Prozent der Partnerschaften küsst man sich mit der Zeit weniger. Allerdings nimmt bei mehr als elf Prozent der Paare die Kussfrequenz zu.

Nicht ohne Kuss aus dem Haus

Beim täglichen Verlassen des Hauses bekommen 65 Prozent der Ehemänner einen Kuss. Fünfzehn Prozent werden gelegentlich mit einem Kuss verabschiedet und zwanzig Prozent so gut wie nie. Dabei kann ein Kuss der Karriere förderlich sein, behaupten Psychologen. Denn das Gefühl einer intakten Beziehung steigert das Selbstwertgefühl und lässt einen souveräner auftreten.

Küssen kann gefährlich sein

Das Pfeiffer'sche Drüsenfieber, auch infektiöse Mononukleose genannt, ist eine Viruserkrankung, die durch Küsse übertragen werden kann. Im Volksmund sprach man deshalb auch von der Kusskrankheit. Selbst Allergien wurden schon nach einem hingebungsvollen Kuss beobachtet. Eine Italienerin hatte etwa mit angeschwollenen Lippen auf ein Medikament reagiert, das ihr Liebster vor dem heißen Kuss eingenommen hatte.

Kussanlass

Einer Umfrage zufolge küssen sich zur Begrüßung neunzig Prozent der Befragten. Ebenso kussversessen sind die befragten Männer und Frauen beim Sex. Während zur Tröstung nur noch die Hälfte den Kuss bemüht und noch weniger, nämlich etwa ein Drittel, zur Beschwichtigung.

Erste Küsse

88 Prozent der Mädchen zwischen elf und dreizehn Jahren und 84 Prozent der Jungen zwischen zwölf und vierzehn Jahren wissen, wie sich ein Kuss anfühlt. Einen Zungenkuss wagt heutzutage ein junger Mensch durchschnittlich mit 14,4 Lenzen.

Küsse verraten Frauen viel

Einer britischen Umfrage zufolge sind nasse Küsse ein Hinweis auf unerfahrene, übereifrige Liebhaber. Hingegen sind Egoisten, die nur auf ihre Kosten kommen wollen, an ihren aggressiven Küssen zu erkennen. Hält sich der Lover dagegen zurück und meidet sogar Zungenküsse, dann handelt es sich eindeutig um einen schüchternen Mann.

Männer blinzeln

97 Prozent der Frauen halten beim Küssen die Augen geschlossen, während dies nur dreißig Prozent der Männer tun. Grund für die geschlossenen Augen: Man kann sich der eigenen Phantasie besser hingeben und das Küssen mehr genießen.

Kuss und Sex

Wer sich mehr Zeit zum Küssen nimmt, trägt zu einer intensiveren und lustvolleren Beziehung bei. Küsse aufs Ohrläppchen und auf die Fingerspitzen zeigen, dass man sich für das gemeinsame Vergnügen Zeit nehmen will.

Kussvorlieben beim Koitus

Bei einer Befragung, an der 2000 Frauen teilnahmen, wurde auch die Frage gestellt: »Was mögen Sie beim Geschlechtsverkehr?« Unter anderem sind Küsse sehr gefragt. 76 Prozent wünschen sich Küsse auf den Mund und 65 Prozent auf die Brustwarzen. Beliebt sind zudem Liebkosungen am Ohr. 31 Prozent mögen es, wenn der Partner daran saugt, und 22 Prozent lieben es, wenn er die Zunge hineinsteckt.

Kussfreudige Frauen

Mehr als sechzig Prozent der Frauen glauben, dass sie gut küssen. Das sind knapp fünf Prozent mehr als bei den Männern. Auch küssen Frauen lieber als Männer. Hier beträgt das Verhältnis fünfzig zu vierzig Prozent. Was noch erstaunlicher ist: Rund zehn Prozent verzichten aufs Küssen, wenn es um die geschlechtliche Liebe geht, egal ob Mann oder Frau.

Mundgeruch

Spätestens beim Küssen sagt unser Unterbewusstsein, ob unser Gegenüber der oder die Richtige ist. Denn nun sind wir einander ganz nah und unsere Nase kann entscheiden, wo es langgeht. Doch Vorsicht: Mundgeruch ist der Liebeskiller Nummer eins!

Märchenhafte Küsse

In Märchen, wie sollte es auch anders sein, wohnt Küssen eine ganz besondere Zauberkraft inne. Sie können zum Beispiel einen edlen Prinzen von seiner Tiergestalt befreien oder ihn aus seiner steinernen Starre erlösen. Küsse können auch wunderschöne Prinzessinnen aus einem 100-jährigen Schlaf erwecken oder Menschenkinder und Riesen in alles Mögliche verwandeln. Von diesen zauberhaften Küssen hier einige Kostproben:

> »Der Jüngling ging noch weiter und alles war so still, dass einer seinen Atem hören konnte, und endlich kam er zu dem Turm und öffnete die Tür zu der kleinen Stube, in welcher Dornröschen schlief. Da lag es und war so schön, dass er die Augen nicht abwenden konnte, und er bückte sich und gab ihm einen Kuss. Wie er es mit dem Kuss berührt hatte, schlug Dornröschen die Augen auf, erwachte und blickte ihn ganz freundlich an. Da gingen sie zusammen herab, und der König erwachte und die Königin und der ganze Hofstaat …«
>
> Aus: *Dornröschen,* Gebrüder Grimm

»Da hob der Riese die Prinzessin behutsam zu sich herauf. Kaum aber hatte die Prinzessin den großen Mund des Riesen geküsst, gab es einen lauten Knall, und vor ihr stand ein wunderschöner Prinz. Mit ihrem Kuss hatte die Prinzessin den Fluch gebrochen und den verzauberten Prinzen erlöst. Die Menschen auf dem Berg feierten mit dem Prinzen und der Prinzessin ein großes Freudenfest und bald darauf heirateten die beiden. Sie bekamen ein Kind und lebten glücklich bis an ihr Lebensende.«

Aus: *Die Prinzessin und der Riese,* Amina, 9 Jahre, Schweiz

»Und sofort wandte Nur ed-Din sich der Sklavin zu und zog sie an seine Brust, sog an ihrer Unterlippe, dann an ihrer Oberlippe und ließ schließlich die Zunge zwischen den Lippen in ihren Mund gleiten. Dann kam er über sie, und ihm ward offenbar, dass sie eine undurchbohrte Perle und ein ungebrochenes Füllen war. Er nahm ihr das Mädchentum und konnte ihre Gunst genießen, und ein unlösliches, untrennbares Band der Liebe begann sie zu umschließen. Er ließ Küsse auf ihre Wange fallen, gleichwie Kiesel ins Wasser sausen …

Aus: *Die Geschichte von Nur ed-Din und Marjam der Gürtlerin,* Tausendundeine Nacht

»Da hob Dschasu den Pokal an seine Lippen und wollte trinken, aber im selben Augenblick stieß ihm die Prinzessin den tödlichen Trank aus der Hand, entschuldigte sich für ihre Ungeschicklichkeit und reichte ihm einen leuchtend roten Granatapfel mit den Worten: ›Nimm lieber etwas Obst, mein lieber Dschasu! Jetzt erst erkenne ich, dass du wirklich der Mann bist, den mir das Schicksal zum Gemahl bestimmt hat.‹ Und dabei umfasste sie ihn zärtlich und küsste ihn. Da erkannte Dschasu, dass Prinzessin Sukrita ihn wirklich liebte, und alle seine Befürchtungen verschwanden. Und nicht lange, da feierten sie im Schloss eine prunkvolle Hochzeit.«

Aus: *Wie es Dschasu in Kambodscha erging,*
indisches Märchen

»›Wo ist denn die Hexe?‹ – ›Sie liegt in tiefem Schlaf in ihrem Schlafgemach‹, entgegnete das Mädchen. – ›Und wo befindet sich mein Bruder?‹ – ›Den hat die Hexe verzaubert und in die Gruft gesperrt. Vertraut mir, dann könnt ihr ihn befreien.‹ Da fühlte der Prinz, wie ihn eine große Liebe zu diesem Mädchen ergriff, das ihm so hilfreich zugetan war. Und er sprach: ›Und was ist mit dir? Willst du, dass ich dich mit mir nehme und heirate?‹ – ›Ach Prinz, du scherzest nur‹, sagte die Schöne errötend. ›Nein, bei dem Kuss, den ich dir geben werde, du und keine andere sollst meine Frau werden!‹ Und er umarmte das Mädchen und küsste es. Und sobald seine Lippen die Hexe berührt hatten, erstarrte er zu Eis. Die Hexe aber klatschte in die Hände und ließ ihn durch ihre Diener in die Gruft tragen und neben seinen Bruder legen.«

Aus: *Die Frau, die auszog, sich ihren Mann*
zurückzuerobern, Märchen von Mallorca

Zum Schluss sei noch erwähnt, dass *Der Froschkönig* im Grimm'schen Märchen keineswegs von der wunderschönen Prinzessin geküsst wird. Auch fordert er niemals einen Kuss von ihr, um wieder Menschengestalt annehmen zu können. Vielmehr holt der Frosch die goldene Kugel aus der Tiefe des Brunnens mit dem Versprechen herauf, an der Seite der Prinzessin leben zu dürfen. Sie soll ihn lieb haben und seine Gesellin und Spielkameradin sein. Er will an ihrem Tischlein neben ihr sitzen, von ihrem goldenen Tellerlein essen, aus ihrem Becherlein trinken und in ihrem Bettlein schlafen.

Die Prinzessin aber ekelt sich vor dem Prinzen in Froschgestalt und erfüllt seine Wünsche nur, weil sie von ihrem Vater, dem König, dazu aufgefordert wird. Am Abend nun will der Frosch mit erpresserischen Worten in ihr Bett. »Da ward sie bitterböse. Schließlich ergriff sie ihn, um seinem Wunsch zu entsprechen, doch entglitt er ihrer Hand. Als er aber herabfiel, war er ein Königssohn mit schönen und freundlichen Augen.«

Allerdings, das sei zum Trost erwähnt, gibt es unzählige Fassungen des Froschkönigs, und manchmal wird er eben auch geküsst, wie etwa in einer deutschen mundartlichen Variante.

Ein männlicher Briefmark erlebte
Was Schönes, bevor er klebte.
Er war von einer Prinzessin beleckt.
Da war die Liebe in ihm erweckt.

Er wollte sie wiederküssen,
Da hat er verreisen müssen.
So liebte er sie vergebens.
Das ist die Tragik des Lebens!

Joachim Ringelnatz (1883–1934)

3
Warum küssen wir

Du hast die Lippen mir wund geküsst,
So küsse sie wieder heil.
Und wenn du bis Abend nicht fertig bist,
so hat es auch keine Eil.
Du hast ja noch die ganze Nacht
Du Herzallerliebste mein!
Man kann in einer ganzen Nacht
Viel küssen und selig sein.
Heinrich Heine (1797–1856)

Wird ein x-beliebiger Mensch auf der Straße gefragt, weshalb er küsst, dann wird er höchstwahrscheinlich rasch und schlicht antworten: weil es Spaß macht. Ist er gerade verliebt, wird er hingegen einen kleinen Augenblick innehalten und schließlich sagen: aus Liebe natürlich! Weniger romantisch veranlagte Zeitgenossen sprechen vielleicht sogar von dem, was sie zum Küssen treibt, nämlich von Verlangen und Leidenschaft.

Wie auch die verschiedenen Antworten ausfallen mögen, eines ist gewiss, stets hat das Küssen etwas mit dem Gefühlsleben zu tun. Das sehen die Forscher ebenso. Freilich würden sie die Frage nach dem Grund des Küssens anders beantworten. Schon wird die Sache im wahrsten Sinne des Wortes trockener und profaner. Denn nicht mehr von Spaß oder Liebe ist die Rede, sondern von Sinnesempfindungen, von Reliktgesten und nicht zuletzt vom Triebleben.

Doch egal, ob die Sache nun trocken klingt oder nicht. Hinter den Begriffen verbirgt sich die Leidenschaft des Küssens. Die Forschung gibt uns eine Vorstellung vom Ursprung und eigentlichen Zweck der Kusslust. Durch diesen höchst interessanten Einblick in unsere Natur können wir unseren Drang zum Küssen erklären. Doch sehen wir uns die Theorien einmal an.

Da ist zunächst einmal der Begründer der modernen Evolutionstheorie, Charles Darwin. Ein mutiger Mann, der als Erster zu behaupten wagte, dass wir Menschen mit den Affen verwandt sind. 1872 stellt er fest, dass uns das Küssen keineswegs in die Wiege gelegt wurde. Das hatten bis dahin die europäischen Kussforscher angenommen. Doch der weitgereiste, scharfe Beobachter Darwin hatte die Sitten sowie Bräuche ferner Völker kennengelernt, studiert und unter die Lupe genommen.

Dabei konnte er feststellen, dass nicht allen Menschen das Küssen bekannt war. Wohl aber läge dem Küssen etwas zugrunde, was alle Menschen vereinen würde: die Lust an der nahen Berührung einer geliebten Person. Daraus folgerte der Naturforscher, dass es keinen angeborenen Kussimpuls gebe, der uns zum Berühren fremder Lippen dränge. Vielmehr fördere die angeborene Berührungslust unter anderem die Kusslust.

Mit dieser Kusstheorie gab Darwin all jenen Recht, die Adam und Eva für die Erfinder des Kusses hielten. Genauer gesagt ist es vermutlich wohl Adam gewesen. Denn er war derjenige – will man einer amüsanten Kussgeschichte glauben –, der durch puren Zufall die lustvolle Berührung der Lippen entdeckte. Das geschah aus lauter Gier und spielte sich folgendermaßen ab:

Eva hatte den Apfel vom Baum der Erkenntnis gepflückt – trotz göttlicher Warnung, wie wir alle wissen. Sogleich teilte Eva den Apfel gerecht in zwei Hälften, eine für sich und die andere für Adam. Rasch verspeiste Adam seinen Teil und siehe da, es gelüstete ihn nach mehr. Schon sah er den letzten Bissen auf Evas Lippen verschwinden. Da schnappte er mit seinem Mund zu. Seine Lippen berührten Evas. Wie zart und süß war diese Berührung. Wohlige Schauer durchzogen seinen Körper. Es war um Adam geschehen. Es verlangte ihn nach weiteren Lippenberührungen. Was dann geschah, können wir uns denken …

Atheisten oder weniger christlich orientierte Geister schenkten dieser amüsanten Schöpfungsgeschichte des Kusses keinen Glauben. Sie machten vielmehr den Zufall für seine Entstehung verantwortlich. In Gelehrtenbüchern des siebzehnten bis neunzehnten Jahrhunderts findet sich zum Beispiel die Kunde, die Römer seien die Erfinder des Mundkusses.

Der weströmische Kaiser Romulus soll nämlich den Weibern durch Gesetz verboten haben, Wein zu trinken. Wie nun aber konnte überprüft werden, ob sich die Frauen an das Verbot hielten? Ganz einfach. Die Anverwandten wurden bei Verdacht angehalten, die Lippen der Verdächtigen zu kosten. Schnell jedoch gingen die Prüfer weniger dem Alkoholfrevel als vielmehr den eigenen Wonnen nach. Denn sie waren auf einen ganz ausnehmend angenehmen Geschmack gekommen, dem der süßen Küsse.

Eine andere Variante der zufälligen Entdeckung des Kusses geht auf den Philosophen Aristoteles zurück. Er hielt die Trojanerinnen für die Erfinderinnen des Küssens. Als nämlich die Trojaner nach langer Reise den Tiberstrom erreicht hatten, wollten die Frauen nicht weiterreisen. Sie waren der Strapazen müde, es gefiel ihnen in Italien, und sie entschieden zu bleiben.

Wohlwissend, dass ihre Männer dem Vorhaben nicht zustimmen würden, zündeten sie kurzerhand die Schiffe an. Die brennenden Schiffe brachten jedoch die Männer in Raserei, was

Kusssage

Es lebte einmal eine reine und wunderschöne Jungfrau. Sie hieß Rowena. Eines Tages musste Rowena den britischen König Vortigern willkommen heißen. Sie dachte darüber nach, wie wohl dieser hohe Herr auf ehrbare Weise empfangen werden könnte. Da kam ihr der Gedanke, ihn mit süßem Wein zu begrüßen. Doch wollte sie den Wein auf besondere Art kredenzen. So benetzte Rowena sich die Lippen mit dem köstlichen Nass und ging dem kühnen Helden lächelnd entgegen. Der König war nun vom Duft ihres Mundes derart angetan, dass er sich zu ihr neigte und ihre Lippen kostete. So kam es, dass die Menschen am Küssen Gefallen fanden.

Nach: Hans Emmy (Neues magazin, Heft 5, November 1948)

vorauszusehen war. Doch rasch eilten ihnen die Frauen entgegen, fielen ihnen um den Hals und verschlossen ihnen die Münder mit einem Kuss. Fortan behielten die Trojaner diese Sitte bei, die sich auch unter den Einheimischen verbreitete.

Ähnlich pragmatisch, und nun kehren wir zur Wissenschaft zurück, sieht auch Sigmund Freud die Entdeckung der Lippenlust, freilich unter psychoanalytischen Gesichtspunkten.

Für ihn ist es das Kind, präziser noch, der Säugling, der diese Entdeckung macht, was wir uns folgendermaßen vorzustellen haben.

Der Säugling saugt an der Mutterbrust, was ihm außerordentlich gut gefällt. Er empfindet Geborgenheit und geht aus dem Stillakt gesättigt und zufrieden hervor. Sein Mund ist das erste Organ, das als erogene Zone auftritt. Es stellt, so die Psychoanalytiker, libidinöse Ansprüche an die Seele. Mit anderen Worten, der Sprössling empfindet Lust.

Diese Lusterfahrung ist derart angenehm, dass es den späteren Erwachsenen weiterhin nach ihr verlangt. Und deshalb muss die Quelle der Befriedigung kurzerhand verlagert werden. An die Stelle der Brustwarze tritt nun der Mund. Oder anders formuliert: aus dem Saugakt wurde der Mundkuss.

Die Krux dieser Theorie ist allerdings, dass zwar jeder Mensch als Säugling an der Brust saugt, aber nicht aus jedem Menschen ein Mundküsser wird. Das belegen Charles Darwins Beobachtungen ebenso wie unsere Kenntnis über die Eskimo, die ja bekanntlich einst nur mit der Nase küssten.

Im Übrigen erklärt Freud den genitalen Kuss auf die gleiche Weise. Doch findet in diesem Fall ein weiterer Zwischenschritt statt, weil die Verlagerung der Lustquelle sich in zwei Phasen vollzieht. Der Vorgang verläuft dabei folgendermaßen:

Der Säugling will auch saugen, wenn die Mutterbrust nicht zur Verfügung steht oder er keinen Hunger verspürt. Deshalb halte er nach weiteren Befriedigungsquellen Ausschau. Das kleine Menschenkind, wie könnte es anders sein, sei hierbei höchst erfinderisch und nehme statt der Brustwarze ersatzweise den Daumen. Es entstehe das Ludeln oder Wonnesaugen und, wie wir heute sagen, das Lutschen oder Nuckeln am Daumen.

Küsse aus psychoanalytischer Sicht

Schon der Kuss hat Anspruch auf den Namen eines perversen Aktes, denn er besteht in der Vereinigung zweier erogener Mundzonen an Stelle beiderlei Genitalien.

Sigmund Freud (1856–1939)

Unter psychoanalytischen Gesichtspunkten offenbart jeder Kuss etwas über die persönliche Lebensgeschichte des Küssenden.

Adam Phillips (geb. 1955),
englischer Psychoanalytiker

Ich meine, es wird niemand bestreiten wollen, dass die Lippen- und Mundschleimhaut für eine primäre erogene Zone erklärt werden darf …

Sigmund Freud (1856–1939)

Nasenkuss, Mundkuss, Fuß- und Handkuss wurzeln alle in der Sexualsphäre.

Oskar Franz Scheuer (geb. 1876)

Das war der erste Zwischenschritt. Jetzt folgt die endgültige Verlagerung. Das Daumenlutschen wurde als äußerst lustvoll erfahren und habe sich unauslöschlich in die Gefühlswelt eingebrannt. Derart unauslöschlich, dass der Erwachsene sich danach zurücksehne. Beim genitalen Befriedigungsakt verbinde er nun die alte Lust des Daumenlutschens mit der Geschlechtslust, indem er jetzt am Penis lutsche und sauge.

Das hört sich zunächst einmal logisch an. Doch wenn wir genau hinschauen, dann trifft das nur auf die halbe Menschheit zu, auf die Frauen. Was aber ist mit den Männern? Gehen sie wieder an die weibliche Brust? Und wenn ja, weshalb saugen Frauen nicht an Männerbrüsten?

Das sind ungelöste Fragen, die nicht zu beantworten sind. Zudem stimmt es auch nicht, dass erst der Säugling auf den Gedanken kommt, am Däumchen zu lutschten. Das tut bereits der Embryo im Mutterleib. Aber davon konnte der große Psychoanalytiker noch nichts wissen, weil zu seiner Zeit der Ultraschall noch nicht erfunden war.

Die Freud'sche Kusstheorie ist folglich nicht ganz stimmig und einleuchtend. Wahrscheinlicher klingt da schon die Erklärung des Biologen und Verhaltensforschers Irenäus Eibl-Eibesfeldt. Seiner Meinung nach ist das Küssen von Brutpflegehandlungen abzuleiten. Dazu gehörte in unserer Vergangenheit zum Beispiel die Fellpflege. Beobachten können wir das Ganze noch immer bei unseren nächsten Verwandten, den Affen. Sie knabbern sich etwa gegenseitig lästige Parasiten aus dem Fell. Und aus diesem Abknabbern soll dann der Beißkuss entstanden sein.

Der Lippen- und Zungenkuss soll wiederum auf die Mund-zu-Mund-Fütterung zurückgehen, was auch von dem Briten Desmond Morris behauptet wird. Der Ethnologe geht davon aus, dass frühmenschliche Gesellschaften diese Fütterung gepflegt hätten, um Kleinkinder von der Mutterbrust zu entwöhnen.

Auch der Forscher Frans de Waal springt auf diesen Erklärungszug auf. Nur argumentiert er aus einer anderen Ecke der

Wissenschaft, weil er Primatenforscher ist. Er leitet das Küssen weniger von unserer Menschheitsentwicklung ab als vielmehr von der Mund-zu-Mund-Fütterung unserer nächsten Verwandten, den Menschenaffen. Gorillas, Schimpansen und Orang-Utans füttern ihre Jungen mit dem Mund.

Tatsächlich spricht vieles für die Theorie der Mund-zu-Mund-Fütterung als Vorstufe des Kusses. Denn auch bei heutigen Menschen konnte die Mund-zu-Mund-Fütterung nachgewiesen werden, beispielsweise bei den Papuas auf Neuguinea.

Selbst unserem Kulturkreis ist diese Fütterungsmethode bekannt. Noch im letzten Jahrhundert konnte sie besonders in ländlichen Gebieten angetroffen werden. Jedenfalls weiß man von Müttern aus dem Schwarzwald und Schleswig-Holstein, die feste Nahrung für ihren Säugling vorkauten und mit dem Mund weitergaben.

Und was macht der Säugling beim Füttern mit dem Munde? Er stülpt die Lippen vor und streckt die Zunge ein wenig heraus. Es scheint fast so, als ob ihm diese Art des Fütterns im Blut liege, denn bereits in den ersten Monaten reagiert er derart unwillkürlich und reflexhaft bei Berührung der Lippen.

Der Zusammenhang zwischen der Mund-zu-Mund-Fütterung und dem Küssen wird auch bei Verliebten deutlich. Die nämlich füttern sich nicht selten gegenseitig mit dem Mund oder haschen Leckereien von den Lippen des anderen, wobei sie sich zwischendurch immer mal wieder küssen.

Sogar eine Hochzeitssitte deutet auf diese Verknüpfung. Sie war in einer Region in Ungarn vor mehr als einhundert Jahren üblich. Man sagte dazu: »Der Bursche geht zum Küssen.«

Und wirklich ging der Bräutigam innerhalb der Zeit des Aufgebotes zu seiner Braut. In der Hand ein Tüchlein voll winziger

Äpfel. Diese wurden sodann vom Brautpaar verspeist. Wobei abwechselnd einmal die Braut und einmal der Bräutigam ein winziges Stückchen vom Apfel abbissen. Der Zweck der Sparsamkeit wurde zwischen den Bissen deutlich, dann wurde herzhaft geküsst.

Doch noch einmal zurück zu unseren nächsten Verwandten, den Affen. Sie füttern nicht nur ihre Jungen mit dem Mund, wie das auch Menschen getan haben, bevor der Löffel erfunden wurde oder es fertige Kindernahrung im Supermarkt gab. Nein, sie küssen einander aus unterschiedlichen Gründen.

De Waal unterstellt den Primaten sogar eine gewisse Kussfreudigkeit, wie er ihnen überhaupt menschliche Gefühle nachsagt. Nach seinen Forschungen ist der Begrüßungskuss bei Schimpansen und Rhesusaffen nichts Ungewöhnliches.

Gerade Schimpansen pflegen zudem den Friedens- und Versöhnungskuss. Sie trösten sich gar mit einem Kuss und küssen auch schon einmal die Hand eines Mitgliedes ihrer Gruppe. Selbst der Lippenkuss ist unter diesem Affenvolk keineswegs unbekannt.

Die Bonobos, eine Schimpansenart, die im Urwald des Kongos lebt, treiben es kussmäßig gesehen noch ärger. Sie küssen nicht nur mit den Lippen, sondern setzen wie der Mensch auch die Zunge dabei ein. Ihnen sind sogar erotische Kussspiele unterhalb der Gürtellinie vertraut. Weibchen wie Männchen lassen es sich nicht nehmen, diese sexuelle Variante hin und wieder zu praktizieren.

Ist also uns Menschen und den Primaten das Küssen doch in die Wiege gelegt worden? Nur bedingt, denn wir können bei uns keinen inneren Zwang zum Küssen feststellen. So wie wir etwa Lachen oder Weinen müssen, wenn es zu ganz bestimm-

Der berühmte Sexualwissenschaftler Alfred C. Kinsey (1894-1956) über den Mund und den Kuss

Der Mund ist eine der erotisch wichtigsten Zonen
des menschlichen Körpers
und scheint bei den Frauen wie bei den Männern
gleich sensitiv zu sein.

Die Bedeutung des Mundes
hat natürlich darin seine Ursache,
dass er in allen seinen Teilen
reichlich mit Nerven versorgt ist.
Das trifft auf alle Klassen der Säugetiere
und sogar auf einige andere Wirbeltiere zu.

Die Lippen, die Zunge und die ganze Mundhöhle
bilden zumindest potentiell –
für die meisten Personen
eine erogene Zone von fast ebenso großer Bedeutung
wie die Genitalien.

In den höheren gesellschaftlichen Schichten
ist der Lippenkuss eine fast unausbleibliche
Begleiterscheinung …

ten Gefühlsausbrüchen kommt. Vielmehr haben wir Menschen die Möglichkeit, uns das Küssen anzueignen oder nicht. Deshalb gab oder gibt es noch immer Völker, denen der Mundkuss unbekannt ist oder die keinen Wert auf das Küssen legen, weil es für sie keine Bedeutung hat.

Ein Erbe aber tragen alle Menschen in sich: die Lust an der Berührung und die Lust am Riechen. Beide Sinnesempfindungen sind für das Küssen wesentlich, und zwar für das Küssen mit dem Mund wie auch für das Küssen mit der Nase. Wobei beim Mundkuss die Berührung im Vordergrund steht und beim Nasenkuss das Riechen. Deshalb spricht man im ersten Fall vom taktilen Kuss und im zweiten Fall vom olfaktorischen Kuss, also vom Riechkuss.

Noch um 1900 küssten sich auf der Welt weit mehr Menschen mit der Nase als mit dem Mund. Genannt werden die Gebiete Lappland, der Norden der Alten und der Neuen Welt sowie Grönland, Hinterindien, die Osterinseln, Papua-Neuguinea, Melanesien und Australien.

Es wäre deshalb eigentlich viel sinnvoller gewesen, anstatt Theorien und Spekulationen über den Ursprung des Mundkusses aufzustellen, das Naheliegende zu sehen und die Entstehung dieses Kusses im Nasenkuss zu suchen. Vor allem weil es Wissenschaftler gab, die den Nasenkuss als Vorläufer des Mundkusses ansahen.

Untersuchungen in indischen Regionen ergaben zum Beispiel, dass zunächst der Nasenkuss gepflegt wurde, bevor der Mund die Rolle des Küssens übernahm. Wie aber kam es zum Wechsel vom Nasenkuss zum Mundkuss?

1932 gab dazu ein gewisser Rudolf Lothar, der sich für die Einflussnahme der Sinne auf die Sexualität interessierte, folgende Erklärung ab: »Der Erfinder des Kusses dürfte entdeckt haben, dass das Berühren der Lippen weicher und angenehmer ist als das Reiben der Nasen, ohne sich vom Zweck der Nasenberührung zu entfernen. Das war eine ganz großartige Entdeckung, die Millionen und Abermillionen Menschen unsägliches Vergnügen bereitet hat. Der erste Kuss, den die Menschen sich gaben, war sicherlich nichts anderes als ein Riechkuss.«

Nun, der Zufall mag vielleicht wirklich eine Rolle gespielt haben, wenn es um das Küssen geht. Vieles wurde ja tatsächlich durch Zufall entdeckt. Aber es kann eben auch sein, dass sich der Mundkuss unabhängig vom Nasenkuss entwickelt hat.

Das war aber nicht der Grund, weshalb europäische Forscher den Nasenkuss bei ihren Überlegungen zur Entstehung des Mundkusses nicht berücksichtigten. Vielmehr waren sie nicht gewillt, über ihren Tellerrand hinauszuschauen. Sie hielten daran fest, dass der Nasenkuss ausschließlich eine Angewohnheit der »Primitiven« und »Wilden« sei. Gleichwohl interessierten sie sich zumeist für das »merkwürdige« Nasenreiben.

Sie fanden heraus, dass Nasenküsse den Regionen entsprechend unterschiedlich ausgeführt werden. In manchen Gegenden werden ausschließlich die Nasen aneinander gerieben. In anderen wieder, etwa in China, wird zunächst die Nase an die Wange der geliebten Person gelegt, dann erst berühren sich die Nasen, und es wird leicht geschnalzt.

Immer aber werden die Augenlider gesenkt, und, was noch wichtiger ist, es wird tief durch die Nase eingeatmet. Dieses Atmen kommt einem Schnüffeln gleich, weshalb auch vom Schnüffelkuss die Rede ist. Das Schnüffeln, also das Riechen, ist das eigentliche Motiv des Nasenkusses. Es wird auf den Wunsch zurückgeführt, den anderen riechend kennenzulernen.

Beim französischen Wangenkuss können wir diesen Vorgang

noch recht gut nachvollziehen. Hier wird nicht wirklich geküsst, vielmehr geht es mit dem Mund an der Wange vorbei. Und was geschieht? Man küsst sozusagen in die Luft und riecht den anderen, sein Parfüm, sein Haarshampoo oder seine Haut.

Der Geruch wiederum ist wichtiger Bestandteil unserer Kommunikation, auch der sexuellen. Er gibt uns weit reichenden Aufschluss über die entsprechende Person, etwa ob es sich um einen Mann oder eine Frau handelt, um einen potentiellen Sexualpartner oder jemanden, der nicht zu uns passt.

Wie innig der Geruchssinn gerade mit der Sexualität verknüpft ist, können wir im Tierreich täglich beobachten, und auch bei uns Menschen gibt es ein enges Band zwischen dem Geruch und der Sexualität.

Und hier entdecken wir auch die wahre Wurzel unserer Kusslust: die Sexualität. Vormals haben wir uns wie die Tiere beschnuppert, wenn es darum ging, sexuellen Kontakt aufzunehmen. Dabei konzentrierten wir uns ebenso wie andere Säugetiere im Wesentlichen auf das Hinterteil.

Am Geschlechtsgeruch erkennen männliche Tiere, ob das Weibchen kopulationsbereit ist. Oftmals wird auch der Geschmack überprüft, weil auch er wichtige Indizien für die Kopulation liefert. So verhielten sich auch unsere Altvorderen. Möglicherweise diente das Belecken sogar dazu, das Weibchen zu stimulieren.

Wie auch immer. Aus dem einstmaligen Beriechen und Belecken ist das Küssen entstanden. Und zwar hat sich in dem Moment, als sich der Mensch vom Boden aufrichtete, die sexuelle Kontaktaufnahme von unten nach oben verlagert.

Es war ganz einfach bequemer, am Kopf herumzuschnüffeln oder zu lecken, als sich hinabzubeugen. Dazu muss man bedenken, dass auch der Atem und der Speichel wichtige Informationen über den sexuellen Status liefern. Der Duft und der Geschmack des Speichels einer Person ändern sich, etwa bei sexueller Erregung.

Mit der Erklärung, dass das Küssen aus dem einstmaligen Beschnuppern und Belecken am Hinterteil hervorgegangen ist, können wir alle Küsse unter einen Hut bringen. Den Nasenkuss ebenso wie den Mundkuss. Selbst die genitalen Küsse können mit einbezogen werden. Denn Letztere können weder durch die Mund-zu-Mund-Fütterung noch durch den Saugakt an der Mutterbrust erklärt werden.

Die Lust an der Berührung und die Lust am Riechen sind Sinnesempfindungen, ohne die unsere Sexualität nicht auskommt. Und wenn wir sexuell begehren, dann wollen wir küssen. Und wenn wir küssen, dann regen sich unsere Triebe, die seit Urzeiten der Motor der Liebe sind.

Jeder Kuss ruft nach einem weiteren Kuss.
Marcel Proust (1871–1922),
französischer Schriftsteller

4
Nasenkuss und andere Zärtlichkeiten

Die Südslaven kennen eine ganz besondere Art des Küssens, genannt: »jezicati se«, sich züngeln.

Bernhard Stern (um 1903)

Der Mundkuss ist uns Europäern so vertraut, dass wir glauben, alle Menschen auf unserem schönen Erdenrund würden auf diese Weise küssen. Dem ist aber nicht so. Auch sind diejenigen unter uns, die von anderen Kusszärtlichkeiten schon gehört haben, überzeugt, dass allein der Kuss mit dem Mund wirkliches Vergnügen bereiten könne. Sie sind der Meinung, nur die Lippenberührung sei geeignet, Liebe, Freundschaft, Zärtlichkeit und Leidenschaft derart innig auszudrücken. Aber auch das entspricht nicht den Tatsachen.

Wahr ist allerdings, dass wir Europäer das Mundküssen fleißig exportiert haben und dass andere Völker diese Art zu küssen übernommen haben. Sehr wahrscheinlich konnte das mehr oder weniger freiwillig geschehen. Wohl auch weil den in diesen Dingen bis dato unerfahrenen Schmusern die Sache mit dem Mund nach kurzem Ausprobieren höllisches Vergnügen bereitete.

Ob freilich andere intime Handlungen ohne Widerstand übernommen wurden, bleibt fraglich. So ist beispielsweise bekannt, dass Missionare den »Wilden« beizubringen versuchten, wie ein »zivilisierter Mensch« mit seiner Gattin zu koitieren habe. Die Anweisung war: liegend, die Gesichter einander zugewandt, der Mann oben und die Frau unten. Jede andere Stellung war nach Auffassung der damaligen Kirchenmoral unpassend und sündhaft.

Die Sendboten der heiligen Kirche, wohl selbst in diesen sexuellen Praktiken eher unerfahren, überzeugten nichtsdestoweniger recht erfolgreich mit Drohungen wie Höllenqualen, Fegefeuer und Verdammnis. Noch heute ist daher der Begriff »Missionarsstellung« vielen geläufig.

Was den Export des Mundkusses anbelangt, haben Europäer im Gegenzug keineswegs adäquate Zärtlichkeiten importiert. Vielmehr galten westlichen Eroberern, Missionaren, Forschern oder Reisenden etwa Nasenküsse als primitiv, als primitive Vorstufe des Mundkusses. Oder sie waren schlicht eine merkwürdige Angewohnheit der so genannten Wilden.

Den Menschen des »kultivierten« Abendlandes kam es gar nicht in den Sinn, die »seltsamen« Liebkosungen fremder Völker einmal auszuprobieren. Entsprechend fanden diese keinen Eingang in unser Liebesleben oder wurden kein Bestandteil von Begrüßungsbräuchen. Was schade ist, denn sie hätten mit Sicherheit eine Bereicherung bedeutet.

Dabei hatte der Nasenkuss die gleiche Funktion wie der Mundkuss. Er bezeugte freundschaftliche Gefühle, war ein Zeichen der Zuneigung und galt als Liebesbeweis und zärtliches Versprechen. Kurzum, für Nasenküsser hatte der Nasenkuss die gleiche Bedeutung wie der Mundkuss für Mundküsser.

Das können wir diversen Reiseberichten entnehmen, zum Beispiel dem des norwegischen Arztes Arne Höygaard. Er steuerte im Herbst 1936 den Fjord Angmagssalik von Grönland an. Für ein Jahr wollte er dort mit seiner Familie und zwei Assistenten unter den Eskimos leben.

Eines Tages, wie sollte es anders sein, machte er die Bekanntschaft mit dem Nasenkuss. Genauer gesagt, wurde nicht er, sondern seine Frau auf Eskimoart geküsst. Sie hatte sich zwar mit Händen und Füßen, wie Höygaard berichtet, gewehrt, aber alles Flehen und Schreien hatten ihr nicht geholfen.

Vielmehr musste sich die brave Ehefrau eine »schnaubende Liebkosung« gefallen lassen, wie es heißt. Der Gewährsmann, ein Einheimischer, der Höygaard bei seiner Arbeit unterstützte, hatte nämlich plötzlich bei einem Trommeltanz alle anwesenden Frauen umarmt und seine Nase mit großem Genuss an den ihren gerieben.

Das waren natürlich scherzhafte Küsse. Unter Liebenden ausgeführt, erhält der Nasenkuss selbstverständlich einen erotischen Reiz. Wie stimulierend ein derartiger Kuss sein kann, erfahren wir aus einem Forschungsbericht über die Papuas auf Neuguinea.

Dort wird ein so genanntes Sing-Sing gepflegt, ein Fest mit Tanz und gemeinsamem Essen, bei dem auch ein Liebesspiel stattfindet. Dieses Liebesspiel dauert die ganze Nacht, und es geht recht heiß her. Weshalb es lediglich den unverheirateten Frauen und heiratswilligen Männern gestattet ist, daran teilzunehmen.

Beginnt das Liebesspiel endlich, worauf natürlich die Ledigen sehnsüchtig den ganzen Abend gewartet haben, setzen sich alle in einem Kreis zusammen. Immer abwechselnd eine Frau und ein Mann, die sich anschauen. Dann reiben die Paare ihre

Nasen in einem fort aneinander, wobei sie allmählich in eine Art Ekstase geraten.

Zu diesem Zeitpunkt nehmen die Teilnehmer am Sing-Sing ihre Umgebung kaum noch wahr. Sie hören und sehen nichts, ganz abgesehen davon, dass sie die Augen ohnehin beim Nasenkuss geschlossen halten.

Schweißtropfen glitzern im Feuerschein, und das Geschehen wird von einem monotonen, einschläfernden Gesang begleitet. Die Verzückung währt zirka fünf Minuten, bis schließlich einer der beteiligten Männer »erwacht«. Er gibt einen Ruf von sich. Das ist das Zeichen zum Partnerwechsel: Es wird aufgerückt. Die Frauen gehen einen Mann weiter.

So geht es fort, bis schließlich der ursprüngliche Partner wieder erreicht wird. Zwar beginnt nun alles wieder von vorne, jedoch verschwindet hier und dort ein Paar im Mondschein, um nach einiger Zeit wiederzukommen. Wir ahnen, was zwischenzeitlich geschehen ist.

Ganz offenkundig kann auch der Nasenkuss »in Stimmung« versetzen und ist eine hervorragende Stimulanz im erotischen Vorspiel. Wie das Berühren von empfindlichen Körperstellen mit dem Mund einen geschlechtlichen Erregungszustand hervorrufen kann, so können auch ein Reiben und Drücken der Nase an beliebigen Körperstellen des geliebten Wesens das sexuelle Verlangen anstacheln.

Der Nasenkuss bietet sich hierfür sogar in besonderer Weise an. Denn wegen ihrer Tastsensibilität, der Fein- und Temperaturfühligkeit ist die Nase ausnehmend gut für Berührungsempfindungen geeignet. Deswegen befühlen geruchsblinde Menschen Gegenstände nicht selten mit der Nase.

Im Zusammenspiel mit dem Geruchsempfinden entwickeln

sich zudem weitere außerordentliche Sinnesreize. Nicht zuletzt wird deshalb oftmals die Nase, ebenso auch die Wangen, in direkten Kontakt mit gut riechenden Dingen gebracht.

Wie wonnig ein derartiges Empfinden ist, können wir nicht zuletzt an Müttern beobachten, die ihren Säugling mit der Nase liebkosen. Wohlig drücken oder reiben sie mit der Nasenspitze den Nacken ihres Lieblings oder stupsen mit ihr in sein Bäuchlein.

Zu diesen Zärtlichkeiten gehören ebenso das Pusten und das geräuschvolle Luftpressen mit Lippenberührung auf den Körper, das in unseren Gegenden gern an Babys ausgeführt wird.

Der Ethnologe Bronislaw Malinowski schilderte in den dreißiger Jahren des vergangenen Jahrhunderts Ähnliches von den Müttern auf den Trobriand-Inseln. Er hatte beobachtet, dass Mütter ihren Atem sacht über ihre kleinen Sprösslinge hauchten oder den offenen Mund sanft auf deren Haut pressten.

Doch kehren wir zu den Zärtlichkeiten unter Erwachsenen zurück. Nahezu zum gleichen Zeitpunkt, als Malinowski die Trobriander beschreibt, interessiert sich der Kulturanthropologe Miguel Covarrubias für die Balinesen und deren Liebesleben.

Covarrubias bereiste das wunderschöne und exotische Eiland Bali und konnte, wie er schon erwartet hatte, keinen Mundkuss bei diesen Insulanern entdecken. Dafür lauerte er auf Nasenküsse, denn von Nasen küssenden Balinesen hatte er in europäischen Büchern bereits gelesen. Doch das Inselvölkchen enttäuschte den wissbegierigen Abenteurer. Überraschenderweise küsste es weder auf die eine noch auf die andere Art.

Dafür entdeckte Covarrubias etwas anderes, wofür es bis heute keinen eigenen Namen gibt und was wohl bis dato für einen Nasenkuss gehalten worden war. Es handelt sich um einen Vorgang, bei dem die beteiligten Personen mit sanften Kopfbewegungen die Gesichter möglichst nahe zusammenbringen. Sodann geht es darum, den Geruch des anderen einzuatmen und dessen Wärme der Haut zu spüren.

Über eine andere Form des Zärtlichkeitsbeweises – freilich wurde diese nicht bei den Balinesen beobachtet – berichtet der schwedische Ethnologe und Archäologe Erland Nordenskiöld. Im Jahre 1908 lernte er einige Indianerstämme auf seiner einjährigen Reise durch Südamerika kennen.

Der unternehmungslustige Schwede stellte Kratzwunden an den Männern der Choroti fest. Diese sichtbaren Verletzungen waren ihnen an Händen sowie im Gesicht von ihren Frauen als leidenschaftlicher Liebesbeweis beigebracht worden.

Nordenskiölds Neugierde war geweckt, und er hakte nach, weil er mehr über das Kratzen wissen wollte. So erfuhr er, dass die Mädchen der Choroti- und Ashlusindianer niemals ihren Geliebten küssen. Wohl aber kratzen und speien sie ihrem Liebsten ins Gesicht, sofern leidenschaftliche Gefühle im Spiel sind.

Auch der Beischlaf der Menschen von Siriono in Ostbolivien, hinterlässt sichtbare Kratzspuren. Das können wir dem Bericht von Allan R. Homberg aus dem Jahre 1946 entnehmen. Zwar sei auch ihnen das Küssen nicht bekannt, unterstreicht Homberg, nichtsdestotrotz würden sie sich beim Liebesakt oral stimulieren. Sie bissen sich gegenseitig in den Nacken und die Brust und kratzten einander an Hals, Brust und Stirn. Vor allem wenn es auf den sexuellen Höhepunkt zuginge.

In diversen anderen Kulturen lecken, beißen, schlagen oder kneifen sich Liebespärchen. Was auch in unserer so genannten zivilisierten Welt bekannt sein dürfte und auch dortselbst gepflegt wird. Gar mancher glaubt, ausschließlich auf diese Art und Weise wahre Leidenschaft zeigen zu können.

Einige Menschen geraten beim Liebesakt sogar derart außer Rand und Band, dass sie sich gegenseitig die Haare ausreißen oder mit Gegenständen sichtbare Wunden zufügen.

Trotzdem sind dies alles Zärtlichkeitsbekundungen, auch wenn sie mit Schmerz einhergehen oder Schmerz zur Folge haben. Aber sie werden von den am Liebesspiel beteiligten Personen zumeist nicht in erster Linie als Schmerzzufügung, sondern als inniger Liebesbeweis verstanden.

Mancherorts ersetze man das Küssen durch das Reiben oder Streicheln der Arme, der Brust oder des Bauchs, schrieb Charles Darwin. Oder Liebespaare würden, anstatt sich zu küssen, sich gegenseitig das Gesicht mit den Händen oder Füßen des Partners streicheln. Vielleicht, so mutmaßt der weitgereiste Forscher, beruhe der Brauch des Schlagens auf verschiedene Körperteile als Zärtlichkeitsbeweis ja auf demselben Prinzip.

Jedenfalls gibt es genügend Menschen, die beim Liebesspiel keine Spuren auf dem Körper des Geliebten oder der Geliebten hinterlassen. Unter anderem die Tingaian. Dieses Völkchen lebt im Norden der Philippinen. Noch 1971 wird beschrieben, dass Liebende dieser Ethnie ihre Lippen dicht an das Gesicht des Partners bringen und plötzlich die Luft einziehen würden.

Analoges bezüglich des Atemholens während eines zärtlichen Aktes wird von den Arapesh übermittelt. Die *Grande Dame* der Ethnologie, Margaret Mead, hatte diese pazifische Kultur und weitere sieben Ethnien auf Neuguinea eingehend studiert. Sie schrieb 1935, dass die Arapesh im Gegensatz zu den meisten primitiven Völkern den echten Kuss kennen würden. Doch unterbrächen die Liebenden den Kontakt der Lippen durch ein scharfes Einsaugen des Atems.

Ganz ohne scharfes Atemeinsaugen küssten sich hingegen die Schwarzfußindianer in Montana, Kanada. Ihre Sache war es auch nicht, bei jedem Anlass zu küssen. Wenn sie sich küssten, dann nur zu bestimmten Gelegenheiten, etwa bei einem Kusstanz, der Sina-paskan (Sioux-Tanz) genannt wurde.

Bei diesem Tanz bildeten Männer und Frauen jeweils eine Reihe und tanzten einander gegenüber. Es lösten sich sodann im Verlauf des Tanzes einzelne Frauen aus der Reihe und wählten sich einen Mann, auf den sie zutanzten. Schließlich küssten sie das Gesicht des Auserwählten.

Man könnte meinen, dass diese Küsse, da sie Bestandteil des Tanzes waren und vor aller Augen ausgeführt wurden, recht harmlos waren. Weit gefehlt, sie führten nicht selten zu massiven Konflikten und heftigen Eifersuchtsanfällen. Es wird die Geschichte eines Ehemanns erzählt, der schon beim Gedanken daran, dass seine Frau beim Sioux-Tanz andere Männer küssen würde, in furchtbare Raserei geriet. Seine Gattin war nämlich ganz vernarrt in das Küssen, und so lauerte er ihr eines Nachts vor dem Tanzengehen auf und erschlug sie.

Offenkundig hat es unzählige spezielle Varianten der Mund- und Nasenküsse gegeben. Von vielen kann man heutzutage zumeist nur noch in Büchern lesen. Vielleicht aber werden manche auch noch immer in den unterschiedlichsten Gegenden der Welt praktiziert und gepflegt, ohne dass ihnen weiter größere Aufmerksamkeit geschenkt wird.

Jedenfalls erinnern hin und wieder einige Kussbeschreibungen an Bestandteile unserer heutigen Kussvorlieben. So zum Beispiel eine offenbar in Vergessenheit geratene Form des Nasenkusses, die Anfang des 20. Jahrhunderts bei den Tamilen üblich gewesen sein soll. Bei diesem Kuss rieben die Liebenden ihre Nasen aneinander und leckten sich zugleich gegenseitig an Mund und Zunge. Letzteres ist ja Teil des intimen Mundkusses, der auch bei uns noch immer hoch im Kurs steht.

Erwähnenswert bezüglich des Nasenkusses ist außerdem, dass manchem Forscher in Anbetracht der »merkwürdigen Küsse« die Phantasie durchgegangen ist. Ein gewisser Rudolf Kleinpaul, seines Zeichens Volkskundler, behauptete beispielsweise 1888, dass sich viele Menschen durch das ewige Nasenreiben die Nasen »ganz abgestumpft«, sprich: ganz platt gedrückt, hätten.

Fleißig zählt Kleinpaul die betroffenen Menschen auf. Es sind die Bewohner mehrerer Inseln Polynesiens, die der Gesellschafts-, Freundschafts- und Fidschiinseln. Schließlich beendet er seine Ausführungen über den Nasenkuss, der ihm völlig unverständlich bleibt und dem er absolut nichts abgewinnen kann, mit einer spitzbübischen Bemerkung an die Leser seiner Zeilen: »Wenn sie's nicht lassen mögen, können Personen einerlei Geschlechtes auch das nachahmen.«

Nun, wir sollten es wirklich einmal versuchen. Es kann natürlich sein, dass unser erotisches Empfinden auf den Nasenkuss zunächst weit weniger heftig reagiert als auf den Mundkuss. Wir sind halt mit unserer Art des Küssens aufgewachsen. Dennoch äußern gerade junge Paare, dass sie positiv überrascht gewesen seien, wie erotisch auch dieser Kuss sein kann.

Eines ist jedenfalls klar: Jede Berührung und jede andere Zärtlichkeitsbekundung am menschlichen Körper können erotisch wirken, sofern sie in der Liebeskultur verankert sind. Ebenso gilt, dass das, was in der einen Kultur als äußerst erotisch empfunden wird, in einer anderen abschreckend wirken kann.

Entsprechend gab es Menschen, die unsere Art des Küssens aus ästhetischen Gründen ablehnten. Dies hat man etwa von ozeanischen Kulturen behauptet. Sie empfanden das westliche Küssen, also den Mundkuss, als unappetitlich und empfinden es vielleicht noch immer so. Manche Forscher gingen sogar

Rudolf Bilz über die Pathologie des Küssens

»Wir erwähnen flüchtig, dass sich z. B. Frauen beklagen, ihre Männer könnten nicht küssen, was auf ihre Liebesfähigkeit schließen ließe. Es gibt in der Tat Männer, sog. Kusstölpel, die einen Ekel vor dieser oralen Begegnung verspüren, während sie sexueller Beziehungen fähig sind. Einer von ihnen, ein typischer Schürzenjäger, sagte mir, die intimste Beziehung sei die von Mund zu Mund, da sähe er sich eine Partnerin genau an. Eine Reihe von Männern, das lehren uns Ehekonflikte, die in unsere Sprechstunde getragen werden, ist in dieser oralen Begegnung ›gefühlskalt‹.«

Rudolf Bilz (1898–1976), Mediziner und Psychologe

davon aus, dass alle »Naturvölker« diese Auffassung verträten. Für sie sei der Mundkuss etwas »Unnatürliches«. Denn der Mund diene allein zum Essen und Sprechen und dürfe nicht für die Lust benutzt werden.

Sogar hierzulande, im Land der hartgesottenen Küsser, stoßen wir auf Kussaversionen. Es gibt nämlich Menschen, die küssen überhaupt nicht gerne. Tatsächlich küssen sie nur, weil man es von ihnen erwartet. Dann wieder gibt es welche, die lediglich bestimmte Kussarten ablehnen. Sie mögen beispielsweise den Zungenkuss oder genitale Küsse nicht. Anderen wiederum wird schwummrig, wenn sie bestimmten Menschen beim Küssen zusehen müssen: etwa den Eltern beim intimen Zungenkuss oder gleichgeschlechtlichen Paaren.

Ungewohnten Küssen stehen viele ebenfalls skeptisch gegenüber. Der russische Bruderkuss etwa, der gegenwärtig immer noch ausgeführt wird, ist offenbar für russische Politiker unproblematisch. Dagegen haben die meisten westdeutschen Probleme damit.

Die Vorliebe gegenüber einer Kussart hat folglich viel mit Traditionen zu tun und ist abhängig von Sitten und Bräuchen der jeweiligen Kultur. Und auch eigene Neigungen spielen eine Rolle, die von der Erziehung und dem sozialen Umfeld geprägt sind.

Das ist nichts Neues. Bereits der Verfasser des *Kamasutra* merkt an, dass es unterschiedliche Vorlieben einzelner Ethnien gebe. So kam es vor, dass eine Kussart im Norden von Indien geschmäht wurde, während man ihr im Süden des Landes mit Vergnügen nachging.

Ganz gleich, welche Kussart gepflegt wird, stets wird sie von positiven Gefühlen begleitet. Man küsst so und nicht anders, weil man es sozusagen mit der Muttermilch eingesogen hat. Die entsprechende Kussart gehört zum Leben dazu wie das Händeschütteln beim Begrüßen oder das Streicheln beim Trösten.

In einer Gemeinschaft ist stets das normal, was die Mitglieder der Gemeinschaft zu tun pflegen, was Usus und Gewohnheit ist. Das Fremde hingegen wirkt oft komisch oder merkwürdig oder gar barbarisch. So haben wohl die meisten westlichen Beobachter geschmunzelt, als Prinz Charles bei einem Auslandsbesuch von einem Maori mit Nasenreiben begrüßt wurde.

Merkwürdig muten den meisten Europäern auch Liebeshandlungen an, die hierzulande nicht mehr üblich sind. Das Lausen etwa, das bei manchen Völkern noch ausgeführt wird. Dieses Lausen stößt nicht nur auf Unverständnis, weil wir die Läuseplage gut unter Kontrolle haben, sondern weil ein »kultivierter Mensch« so etwas einfach nicht tut. Es gehört sich nicht.

Dennoch hat sich in unseren Gefilden besonders das weibliche Geschlecht nicht abgewöhnen können, die Haut des Liebsten mit Adleraugen abzusuchen. Mangels fehlender Läuse werden dabei jedoch vor allem Pickel und Mitesser aufgespürt und ausgedrückt.

Bei diesem Vorgehen vergessen Frauen oftmals alles um sich herum, dass sie es sogar in der Öffentlichkeit praktizieren, beispielsweise beim Sonnenbaden am Strand. Hingebungsvoll wird die Haut des Partners traktiert, während dieser sich ebenso hingebungsvoll von einer Seite auf die andere rollt, damit ja kein Fleckchen Haut der Pickelsuche entgeht.

Völlig abwegig erscheint es uns auch, dem Partner oder der Partnerin aus Liebe die Wimpern abzuknabbern. Eine Sitte, die anscheinend auf den Trobriand-Inseln üblich war. Sie nahm eine wichtige Rolle im Liebesspiel ein und diente nicht zuletzt dem Schönheitsideal der Insulaner. Wimpernlose Augen galten als schön.

Das Wimpernabbeißen, das sowohl im Vorspiel als auch beim Orgasmus praktiziert wurde, nennt sich *mitakuku.* Wobei der Begriff außerdem zur zärtlichen Liebeserklärung werden konnte. Man sagte nämlich *agu mitakuku,* was »meine abgebissenen Augenwimpern« bedeutet, wenn die geliebte Person zärtlich angesprochen werden sollte.

Offenbar war das Wimpernabbeißen für die Knabbernden durchaus ein erotischer Gewinn. Denn auf den Trobriand-Inseln waren dazumal keine jungen Männer oder Mädchen mit langen Wimpern zu entdecken.

Es lassen sich folglich genügend artverwandte Liebkosungen für das Küssen finden, die Vergnügen bereiten und Leidenschaft ausdrücken oder entfachen. Es ist eben alles nur eine Frage des kulturellen Geschmacks. Vielleicht auch der Generationen oder des Alters.

Früheren Generationen war zum Beispiel das französische Begrüßungsküssen eher unbekannt, zumindest in Deutschland. Heute hat es sich dagegen als Bestandteil der Begrüßung vielerorts etabliert. Und während noch vor gut fünfzig Jahren ausschließlich im Verborgenen heiß geknutscht wurde, weil es in der Öffentlichkeit als anstößig galt, können Verliebte ihrer Kusslust heutzutage ungeniert und fast überall nachgehen.

Aber eines wird sich wohl nicht ändern: der Umgang mit Knutschflecken, Biss- und Kratzspuren. Während nämlich Jüngere diese sichtbaren Zeichen einer heißen Nacht gerne zur Schau stellen, werden sie von Älteren lieber mit einem Pflaster getarnt oder es werden Ausreden bezüglich ihrer Herkunft aufgetischt.

Bleibt die Frage, ob allen Menschen auf der Welt das Küssen bekannt ist. Gewiss ist, dass die meisten Menschen auf der Welt mit dem Mund küssen und im Liebespiel reichlich davon Gebrauch machen. Auch der Nasenkuss wird noch gepflegt, besonders in traditionsbewussten Gesellschaften oder Kulturen, die bislang von der westlichen Kultur relativ unberührt blieben. Zudem gib es noch immer Menschen, die ganz und gar ohne das Küssen auskommen. Beispielsweise die südamerikanischen Zoéindianer. Sie zeigen ihre Zuneigung, indem sie mit dem Hautbereich zwischen Nasenspitze und Oberlippe streicheln.

Mancherorts ist das Küssen allerdings weniger eine Frage des Geschmacks oder der Bekanntheit als vielmehr eine Frage der fehlenden Voraussetzungen. Das mutet zunächst einmal merkwürdig an, wenn wir uns aber vor Augen halten, dass bestimmte Schmuckstücke das Küssen unmöglich machen, dann ist es ganz einleuchtend.

Entsprechend können Völker, die ihre Nasen oder Lippen mit großen Pflocks oder Platten schmücken, schwerlich mit der Nase oder dem Mund Liebkosungen ausführen. Lippenplatten werden etwa noch von Stämmen in Äthiopien oder Brasilien getragen. Nasenpflocks von den Bewohnern Neuguineas und einigen Indianerstämmen Südamerikas.

Wir sind bei derartigen Schmuckstücken leicht geneigt von einer Tortur oder Verstümmelung des Körpers zu sprechen. Oder davon, dass der entsprechende Mensch sich dadurch der Möglichkeit beraubt, bestimmte sinnliche Vergnügungen zu erleben.

Aber auch in unserer Kultur haben sich Menschen nur allzu häufig einem Schönheitsideal unterworfen, das dem Körper einiges abverlangte. Denken wir nur an die Taillenschnürung, Schuhe mit Stilettoabsätzen oder extrem hohen Plateausohlen, meterhohe Perücken.

Gegenwärtig verhindert oftmals das Make-up einen ausgiebigen heißen Kuss, weil es dabei unweigerlich zerstört werden würde. Und auch die Besucherinnen des jährlichen Pferderennens von Ascot müssen aufs Küssen verzichten. Zumindest jene Damen, die sich der Tradition verpflichtet fühlen und bemüht sind, sich gegenseitig mit ausgefallenen Kopfbedeckungen zu überbieten.

Meine süße Puppe,
mir ist alles schnuppe,
wenn ich meine Schnauze
auf die Deine bauze.
Kurt Schwitters (1887–1948),
Maler, Bildhauer, Dichter

5
Unvergessene Küsse

Denn wo wäre wohl der Sterbliche,
der nicht wenigstens einmal in seinem Leben
einen Kuss geschmeckt hätte …
Johann Clemens Tode (1736–1806),
dänischer Mediziner und Schriftsteller

Unbestreitbar gehört der erste Kuss im Leben eines jeden von uns zu den aufregendsten Küssen überhaupt. Kaum jemand vergisst ihn. Und die meisten von uns erinnern sich noch genau an den Namen des Jungen oder des Mädchens, von dem wir den ersten Kuss erhielten.

Selbst Achtzig- und Neunzigjährige können sich den ersten Kuss ins Gedächtnis zurückrufen, ebenso wie die Situation, in der es zu ihm kam. Sogar die besonderen Umstände werden erinnert und natürlich auch, wie er sich angefühlt hat.

Iris Berben schrieb in ihrem 49. Lebensjahr, dass sie ihren ersten Kuss in den Sommerferien in Lèvanto erhalten habe. Sie war zwölf und ihr Auserwählter ganze drei Jahre älter. Er hieß Giuliano Rampano, und als seine Lippen auf die ihren trafen, sei sie »davongeschwebt und hatte das Gefühl, eine Frau geworden zu sein«. Zwei Jahre schrieb sie ihrem Giuliano, doch keiner ihrer Briefe wurde beantwortet. Dann endlich ging es wieder nach Lèvanto. Doch welche Enttäuschung, ihr Giuliano war mit einem blonden Mädchen zusammen. »Für mich brach eine Welt zusammen«, erinnert sich Iris Berben, die inzwischen zu Deutschlands erotischster Schauspielerin gekürt wurde. Und Giuliano, ob er es wohl heute bereut?

Eher umgekehrt erging es dem Sexaufklärer Oswald Kolle. Er bekannte einmal, dass er den ersten verliebten Kuss in einem Kälberstall erhalten habe. Es geschah in seinem sechzehnten Lebensjahr, und seine damalige Flamme hieß Catherine. Sie war aus Kanada und »wollte ihn am liebsten mitnehmen«.

Wie es genau zu dem Kuss gekommen ist, erfahren wir leider nicht. Dafür gesteht der amerikanische Journalist Phil Donahue, Jahrgang 1935, dass er seine Angebetete vor dem ersten Kuss um Erlaubnis bat. Woraufhin diese seufzte und die Augen schloss. Sie schürzte die Lippen vor. Noch ehe es zum Kuss kam, sagte sie rasch und mit einiger Ungeduld: »Okay, aber mach schnell.«

Unser verliebter Journalist ließ sich durch diese spröde Äußerung nicht von seinem Vorhaben abbringen. Er betrachtete sich – trotz dieses trockenen und unerotischen Moments – sogar als verlobt. Nichts Ungewöhnliches für die damalige Zeit, in der ein solcher Kuss nicht selten als Heiratsversprechen genommen wurde.

So auch bei einer 54-Jährigen, die ihren allerersten Kuss im ersten Schuljahr erhielt. Nach der letzten Stunde kam der frechste aller Schüler zu ihr und erklärte, dass sie jetzt mit ihm verheiratet sei. »Es gab dafür keinen Anlass, und als Bekräftigung gab er mir einen Kuss auf meinen Mund und trug meinen Ranzen. Einige Klassenkameraden kamen uns hinterhergerannt und sangen: ›… die haben jetzt ge-hei-ra-tet, die haben jetzt ge-hei-ra-tet …‹ Ich war sehr stolz, denn ich hatte Heinz schon einmal dabei beobachtet, wie er eine volle Milchkanne souverän im Kreis herumgeschleudert hatte. Am Abend kamen mir jedoch Bedenken, ob ich jetzt schwanger wäre, und ich konnte nicht einschlafen.«

Hollywoodstar Clark Gable, Schwarm unzähliger Frauen, hatte dagegen keinerlei Bedenken. Er kam gar nicht auf den Gedanken, um seinen ersten Kuss zu bitten. Er hatte einfach die erstbeste Gelegenheit ergriffen und seiner Auserwählten einen Kuss auf den Mund gedrückt. Eine schallende Ohrfeige war die Antwort. Sie kam von einem zehnjährigen Mädchen.

Das Ganze geschah anlässlich eines Kinderfestes, auf dem sich der junge Clark Gable, selbst noch grün hinter den Ohren, sofort in die schöne Ernestine verguckt hatte. Mit ihren »herrlich blonden Haaren und ihren hinreißend blauen Augen« hatte er ihr nicht widerstehen können. Auf der Stelle hatte ihn die Kusslust gepackt und ihn jede Gefahr vergessen lassen.

Der Misserfolg seines Kusses sollte Folgen haben. Denn mehrere Jahre mied der Verschmähte das Küssen. Um einer erneuten Maulschelle vorzubeugen, hatte es sich unser späterer Kinoheld und Frauenschwarm angewöhnt, den jungen Damen »zunächst verliebt die Hände zu drücken«, bevor er einen Mundkontakt wagte.

Ich küsste meine erste Frau
und rauchte meine erste Zigarette am selben Tag.
Seither hatte ich nie Zeit,
mich dem Tabakgenuss hinzugeben.
Arturo Toscanini (1867–1957),
italienischer Dirigent

Auch für die Schlagersängerin Lena Valaitis spielte die Schönheit in gewisser Weise eine Rolle, als sie ihren ersten Kuss im Internat Hüttenfeld erhielt. Denn sie wurde vom »unheimlich schönen« Alfons geküsst. Es war ein unschuldiges Busserl gewesen, doch hatte die Lippenberührung auf die Internatsschülerin einen »verwegenen, ja verworfenen Eindruck« gemacht. Für Alfons interessierten sich nämlich »alle Mädchen«, und nun hatte er sie auserkoren.

Die Art des Kusses spielte offensichtlich für Lena Valaitis keine Rolle. Sie betont sogar, dass sie von »Technik« keine Ahnung gehabt habe. Aber das ist es auch nicht, was den ersten Kuss so in unser Gedächtnis einbrennt. Vielmehr ist es der Kuss an sich und damit das erste Mal.

Manchmal ist es noch nicht einmal das, sondern die außergewöhnliche Gemütsverfassung des heranreifenden Menschen. Die Gefühle lassen sich noch nicht eindeutig zuordnen. Es ist, als würden die ersten Küsse einen berauschenden Taumel der Emotionen bewirken. Weil die Sinne auf den Kuss noch unverbraucht, mit Hochspannung und wie in Trance reagieren.

Eine Sechzigjährige erinnert sich an einen solchen Kuss, der wie in einem Traumzustand in völlig verzückter Erregung geküsst wurde. »Ich war damals fünfzehn Jahre, und Alfred war der schönste Junge der Neustadt. Wir hatten uns verabredet, was nur ging, weil meine Eltern nicht zu Hause waren. Ich hätte sonst nie zu ihm gedurft. Alfred wartete auf einer Bank auf mich. Schon als ich näher kam, fühlte ich mich der Welt entrückt. Der Sternenhimmel funkelte und glitzerte in diesem Moment so sehr, dass ich dachte, ich sei in einem Film. Wahrscheinlich leuchtete er wie immer, aber in diesem Moment kam es mir so vor, als ob er noch mehr funkelte.

Wir haben uns gleich geküsst. Und wirklich hatte ich das Gefühl, als würde die Welt um mich versinken. Für mich gab es nur noch Alfred und mich. Meine Gefühle, wie soll ich es ausdrücken, sie waren irgendwie märchenhaft, unschuldig und rein. Ja rein, das ist der richtige Ausdruck.

Es war bitterkalt, aber ich bemerkte es nicht. Selig ging ich nach Hause und dachte die ganze Nacht an diesen Kuss. Und auch am nächsten Morgen dachte ich daran und die ganzen nächsten Tage. Nie wieder hatte ich solche Gefühle, auch nicht beim Sex. Nie wieder …«

Ist der allererste Kuss ein, wie es so schön heißt, »richtiger Kuss«, vermag er nicht selten die Phantasie auf dramatische und in ganz besonderer Weise zu beflügeln. Zudem drängt er nicht selten zu sexuellen Vorstellungen. Ein Fünfundfünfzigjähriger erinnert sich:

»Mein erster Kuss, mein erster Liebeskuss, also feucht und mit Zungenspiel, mein Gott, ich war zarte fünfzehn, und es war am Beginn der sechziger Jahre, als die Mädels Pullis mit Beffchen trugen. Nach dem obligatorischen Date in der Eisdiele, am helllichten Nachmittag, zogen wir durch die Straßen und verschwanden urplötzlich in einer Toreinfahrt.

Eng umschlungen küssten wir uns, und als nach anfänglicher Abwehr ihr Mund sich mir öffnete, war ich schlagartig völlig entrückt, wie in Trance. Unsere Zungen tanzten eine Ewigkeit miteinander, und nachdem wir, beinah erschöpft, zur Ruhe gekommen waren, leckte ich ganz behutsam ihr Zahnfleisch. Ein unbeschreibliches Glücksgefühl, und sogleich hatte ich eine Vorstellung, wie es wohl sein würde, wenn ihr Schoß sich mir öffnete.«

ERSTE KÜSSE

Nichts ist wohl bey einer Liebschaft wichtiger
als der erste Kuss.
Adolph Heinrich Meltzer (1761–1807)

Der erste Kuss
ist indes qualitativ verschieden
von allen andern.
Sören Kierkegaard (1813–1855),
dänischer Theologe und Philosoph

Der erste Kuss
ist die erste fühlbare Versicherung
von dem Besitz des gewünschten Glücks.
Gottlob Hebold (geb. 1731)

Den ersten Kuss behält man wohl ewig in Erinnerung.
Obwohl scheu und unerfahren und endlos lange her,
war es doch so ziemlich das Schönste,
was man erleben durfte.
Gerlinde, Teilnehmerin einer Diskussion auf der
Internetseite www.seniorentreff.de

Der erste Kuss ist eine zuvor nicht gekannte Grenzüberschreitung. Denn mit dem Kuss hat sich ein Verlangen erfüllt und Wünsche sind wahr geworden. Vielleicht auch ein Hoffen auf noch intimere Kontakte. Und damit setzt ein anderes Körpergefühl ein. Plötzlich gehört man sogar der Welt der Erwachsenen an, weil man *so etwas* schon getan hat.

Natürlich ist der erste Kuss auch mit Scheu und Angst verbunden. Nicht jeder ist so kühn und draufgängerisch wie Clark Gable. Aber ist der erste Kuss erst einmal gewagt, dann sind die folgenden mehr oder weniger ein Kinderspiel.

So ist es auch späterhin mit dem ersten Kuss in einer Liebschaft, dem wichtigsten Meilenstein bei der Eroberung des oder der Angebeteten. Denn der erste Kuss, den man vom Liebsten oder von der Liebsten erhält, schüttelt die zuvor gehegten Zweifel ab und gibt Sicherheit, was die eigenen Gefühle anbelangt. Vor allen Dingen aber enthält er die Zusicherung, dass einen der andere auch mag.

Dass die ersten Küsse in einer neuen Liebe das Gemüt auf eine sehr viel tiefergreifende Art und Weise berühren, als es die darauffolgenden vermögen, wissen wir aus eigener Erfahrung. Denn diese Küsse sind es, die tiefe Spuren in unserer Seele hinterlassen, und sie sind es auch, die in Romanen so gerne und oft beschrieben werden. Etwa in Henry James' Roman *Bildnis einer Dame.* Dort heißt es:

»… und im nächsten Moment fühlte sie seine Arme um sich und seine Lippen auf ihren Lippen. Sein Kuss war wie ein weißer Blitz, wie ein Strahl, der sich ausbreitete, weitete und blieb; und es war unbeschreiblich, wie sie währenddessen alles an seiner harten Männlichkeit bejahte, was ihr bisher am wenigsten gefallen, jede aggressive Einzelheit seines Gesichts, seiner Gestalt, seiner Gegenwart verschmolz zu einer überwältigenden Identität mit diesem Akt der Besitzergreifung.«

Ähnlich eindrucksvoll beschreibt auch der Autor Christoph Hein eine Lippeneroberung. In seiner Erzählung *Horns Ende* ist es diesmal ein Mann, der durch einen Kuss den Boden unter seinen Füßen verliert. Die Kusspassage lautet:

»Christine presste ihre Lippen auf meinen Mund, ihre Hände umfassten meinen Kopf und glitten wie ein mich fest umschließender Ring um meinen Hals und um meine Brust. Bedeckt von ihren Küssen, ihren Händen, ihrem Körper verspürte ich das Schlagen meines Herzens, das dumpf und heftig in meinem Brustkorb tobte und wuchs und zu zerspringen drohte. Ich hielt den Atem an, um in der mich davontragenden Flut nicht unterzugehen. Und plötzlich riss der barmherzige Schleier, in dem ich mich schützend verborgen hatte, und ich erkannte mit einer nie erlebten, drängenden Heftigkeit, dass ich Christine liebte, sie immer geliebt hatte …«

Der Kuss bricht emotionale Dämme. Er lässt uns Vorbehalte aufgeben oder Dinge geschehen, die wir eigentlich nicht geplant hatten. Denn der Kuss spricht die Seele an. Oder mit den Worten Oscar Wildes: »Ein Kuss ist etwas mehr als der erstbeste sinnliche Kontakt zweier Körper; es ist der Hauch zweier verliebter Seelen.«

Wenn Liebe und Kuss zusammentreffen, dann bricht sich die Leidenschaft ihren Weg, wie es beispielsweise Christina Dair in ihrem Roman *Petit Elfe des bois* geschrieben hat.

»Und dann ging das Feuerwerk los: Raketen stiegen auf und erhellten den Himmel. Sein sanfter Kuss wurde immer leidenschaftlicher. Sie legte ihre Arme um Webbs Hals und öffnete ihre Lippen, um seine Zunge aufzunehmen … Wenn seine Küsse nicht all ihre Widerstandskraft gebrochen hätten, wäre sie vielleicht in der Lage gewesen, ihn zurückzuweisen. Aber er hatte in ihr Wünsche geweckt … Sie taumelte.«

Wer nun allerdings meint, so erginge es allein Frauen oder besonders romantisch veranlagten Menschen, der irrt. Selbst Giacomo Casanova war entzückt und verwirrt, wenn er endlich die Lippen seiner angebeteten Geliebten berühren durfte. Die »zarte, süße Berührung« brachte sein »Blut in Wallung«.

Das können wir in seinen Memoiren nachlesen. Auch, dass er es liebte, junge Frauenbrüste zu kosen. Nur eines erfahren wir nicht, ob nämlich unser Frauenheld mit der Zunge und auch unterhalb der Gürtellinie geküsst hat. Zu diskret und zartfühlend sind die Beschreibungen seiner unzähligen Affären. Niemals lässt er uns Leser wissen, wie er seine Frauen liebte und mit welchen körperlichen Verführungskünsten er vorging.

… sobald wir allein im Wagen waren,
ruhten unsere Lippen aufeinander
und lösten sich nicht eher,
als bis das Ziel erreicht war.
Giacomo Casanova (1725–1798)

Man sollte meinen, Casanova lebte eben in einer anderen Zeit, die es nicht erlaubte, derart pikante Details in die Öffentlichkeit zu tragen. Das stimmt und stimmt doch wieder nicht. In jeder Epoche finden sich nämlich auch Männer, die sich die Freiheit nahmen, über das zu schreiben, was sie dachten, fühlten oder erlebt hatten.

Diese Freigeister schrieben in ihren literarischen Ergüssen auch übers Küssen. Küsse waren Beiwerk und Bestandteil des geschilderten hemmungslosen Sexuallebens. Sie dienten einzig der Lust oder sollten die geschlechtliche Lust bis ins Unermessliche anstacheln.

Man denke diesbezüglich an den berühmt-berüchtigten französischen Schriftsteller Marquis de Sade, der fünfzehn Jahre nach Casanova das Licht der Welt erblickte. Er predigte exzessive Lusterfahrung und sexuelle Ausschweifungen. Fast hundert Jahre später trat Leopold Ritter von Sacher-Masoch in die gleichen Fußstapfen. In schillernden Farben beschrieb er jene sexuellen Handlungen, die späterhin als Masochismus bezeichnet werden sollten.

Doch auch schon lange vor dem achtzehnten und neunzehnten Jahrhundert gab es Literatur, die so manchem Menschen die Röte ins Gesicht treiben konnte. Etwa die Sonette des Renaissanceschriftstellers Pietro Aretino. In einem Sonett heißt es:

»Die Zunge gib! stemm hoch den Fuß zur Wand!
Press deine Schenkel! kneif mich in die Rippen!
Mag unser Bett zerkrachen oder kippen
Was tuts? ich bin zu rammeln ganz entbrannt!«

Der Kuss ist hier nicht mehr zart und lieblich. Ihm fehlt jegliche romantische Eigenschaft. Aber auch solche Küsse können im Gedächtnis haften bleiben. Sind sie doch ein höchst stimulierender Bestandteil des Beischlafs. Und in diesem Sinne sind Küsse, die den Koitus begleiten, regelrechter Zündstoff. Sie bringen das Blut in Wallung und die sexuellen Lüste auf Hochtouren.

In Anaïs Nins Roman *Die verbotenen Früchte* wird heftig geküsst. Die Liebenden können gar nicht genug voneinander bekommen. Sie berühren und küssen sich, »dass es zur Qual wurde«. Ja, das Gesicht der Heldin war von den Küssen des Helden geschwollen, und am Körper trug sie die Male seiner Zähne.

Tatsächlich sind Beiß- oder Liebesküsse in der heißesten Phase des Liebesspiels nicht selten. Und schon Mediziner Anfang des 20. Jahrhunderts betonten, dass sie keine abnorme Erscheinung seien.

Man geht davon aus, dass die kleinen, feinen, meistens etwas schärferen und niemals schmerzenden Bisse, die Liebesglut weiter anstacheln. Insbesondere wenn die Liebesbisse serienweise, in schneller Folge und an dicht nebeneinander liegenden Stellen platziert werden. So böten sie für Spender und Empfänger einen intensiven erotischen Reiz.

Bestimmte Körperstellen werden beim Beißen besonders gerne gewählt, etwa die Flanken. Häufiger noch wird in die Schulter des Mannes oder in den Hals der Frau gebissen. Die Bevorzugung dieser Körperstellen scheint auf die Koitusstellung zurückzuführen zu sein. Wobei angenommen wird, dass wir die Beißlust beim Geschlechtsverkehr von unseren tierischen Vorfahren geerbt haben.

Im Taumel der Lust kann eben viel geschehen, was unter normalen Umständen nicht vorstellbar scheint. Küsse können sogar gefährlich werden. Es kann beispielsweise passieren, dass die Liebenden während des Orgasmus die Kontrolle über sich verlieren und auch schon einmal kräftig zubeißen. Deshalb wurde bereits in einer mittelalterlichen Schrift in Japan davor gewarnt, den Zungenkuss während des Koitus auszuführen.

Selbst harmlose Hals-, Nacken- oder Brustküsse können im Liebestaumel plötzlich in unkontrollierte heftige Bisse münden. Schmerzhafte Bisswunden sind die Folge.

Häufiger noch als Bisswunden entstehen die so genannten Knutschflecken. Weil aus dem zärtlichen Abküssen und Liebkosen der Haut ein wonniges unkontrolliertes Festsaugen wird.

Heikler wird es diesbezüglich natürlich, wenn wir unterhalb der Gürtellinie agieren und die intimen Stellen des Körpers geküsst werden. Wobei die Furcht vor einer möglichen Verletzung weniger bei Frauen als vielmehr bei Männern existiert. Wohl auch zu Recht, wenn man vereinzelten Berichten der Presse glauben darf. Doch handelt es sich hier zumeist um Racheakte von Frauen, die ihren ehemaligen Geliebten mit voller Absicht verletzen oder verstümmeln wollten.

Manchmal ist mir, als berühren
Ihre Lippen meinen Mund –
Bis in meiner Seele Grund
Kann ich dann die Flammen spüren.
Heinrich Heine (1797–1856)

Von solchen vorsätzlichen böswilligen Kussverletzungen wollen wir an dieser Stelle aber nichts hören. Schließlich geht es hier doch um Küsse, die sich wegen ihrer ausgesprochen positiven Wirkungsweise in unser Gedächtnis einprägen. Zu ihnen gehören auch jene Küsse, die unmittelbar in unser Herz treffen.

Einst wurden sie *Suavia fagittata* genannt, »Küsse, die das Gemüt wie ein Pfeil verletzen«. Suavia kommt von S(u)avium. Die Lateiner verstanden darunter einen zärtlichen Kuss auf die Lippen. Er war der Kuss der Verliebten und der Kuss der Lust. Hingegen nannte man Küsse, die bei der Angebeteten nichts auszurichten vermochten, *Suavia inermia,* »unbewaffnete Küsse, Küsse ohne Effekt«.

Einen Kuss, der sein Herz wie ein Pfeil durchbohrte, empfing auch der von unserem Dichterfürsten Johann Wolfgang von Goethe erschaffene *Werther.* Bis über beide Ohren in Lotte verliebt, träumt Werther schon seit Wochen von einem Kuss. Doch als es endlich so weit ist, empfangen seine Lippen die süße Berührung keineswegs von der Vergötterten selbst. Vielmehr braucht es einen Umweg und einen Mittler. Lotte, die sehr wohl um Werthers Gefühle weiß, schnäbelt mit ihrem Kanarienvogel herum und ruft dann in völliger Unschuld: »Er küsst mich auch, sehen Sie!« Und um den Liebestollen völlig aus der Fassung zu bringen, fügt sie hinzu: »Es soll Sie auch küssen.« Schon wechselt das Tier von ihren zu seinen Lippen über und bringt dem Liebestollen eine pickende Berührung, die ihm »wie ein Hauch, eine Ahnung liebevollen Genusses« erscheint.

Nur die Liebe macht dergleichen Gefühle möglich. Nur in der Liebe werden symbolische Küsse – wie dieser Kuss eines Kanarienvogels – den echten ebenbürtig. Das verliebte Hirn übersteigert die Wahrnehmungen, die mit der geliebten Person in Zusammenhang stehen. Weil Verliebte sprichwörtlich alles durch eine rosa Brille sehen. Alles, was der Angebetete tut, ist von Bedeutung.

Deshalb werden Küsse auch verschickt, mit Worten wie: »Ich schicke dir tausend Küsse«, »Sei von mir geküsst« und »Ich küsse dich zärtlich, liebestoll, voll Verlangen, mit rasendem Herzen, hingebungs-, sehnsuchtsvoll …« und so weiter und so fort.

Verliebte Frauen küssen nicht selten die an ihren Liebsten gerichteten Briefe oder Karten und hinterlassen so den Abdruck ihres Mundes. Der glückliche Empfänger der Botschaft versteht sofort und führt seine Lippen an die rosaroten oder roten Lippenstiftspuren des Briefes.

Diese romantische Kussübermittlung hat sich trotz E-Mail und SMS hartnäckig gehalten. Zwar fehlt es an echten Lippenstiftspuren und betörenden Kussbeschreibungen, aber dafür sprechen die gesendeten Küsse für sich. Wer zum Beispiel virtuelle Küsse empfängt, der sieht sich etwa Schokoküssen oder einem vorgestülpten Lippenpaar gegenüber. Und natürlich hat auch diese Form der Kusssendung seinen Reiz.

Besonders Verwegene hinterlassen Kussspuren für den Geliebten an allen möglichen Gegenständen. Nur sichtbar und unübersehbar müssen sie für den Empfänger sein. Fensterscheiben von Autos oder Eingangstüren eignen sich hierfür hervorragend, ebenso Spiegel, Servietten oder Visitenkarten. Fehlt es an Abdrucksmaterial, wird der Phantasie freier Lauf gelassen und auch schon mal auf Schokolade zurückgegriffen. Steht dergleichen nicht zur Verfügung oder schreckt die Vorstellung, mit den eigenen Lippen Kussspuren zu hinterlassen, dann wird eben kurzerhand mit einem Lippenstift ein Mund aufgemalt. Er drückt zwar nicht die gleiche Sinnlichkeit aus wie echte Kussspuren, aber immerhin erhält der Adressat ein sicheres und eindeutiges Zeichen der Zuneigung.

Um Zuneigung und Liebe geht es auch, wenn Verliebte einen Kuss durchs Telefon austauschen. Und natürlich berührt ein Telefonkuss das Herz dann besonders, wenn sowohl die Entfernung als auch die Sehnsucht groß ist.

Zudem kommt es am Anfang einer Liebschaft nicht selten vor, dass Verliebte alles küssen, was dem sehnsüchtig vermissten Schatz gehört. T-Shirts, Pullover oder Hemden werden verzückt ergriffen, zum Mund geführt und mit Inbrunst liebkost. Auch

Fotos, Liebesbriefe oder Geschenke des Geliebten werden mit Küssen versehen und ans Herz gedrückt.

E-Mail-Küsse

:-x	Kuss
:-xx	viele Küsschen
:-X	großer nasser Kuss
:-><>	Kusslippen
:- <>	Kussmäulchen
(:*	Smilie küsst gerade
:*	Gruß und Kuss
(:-x)	Umarmung mit kleinem Kuss
(:-X)	Umarmung mit großem Kuss
:-{}	Kussmund mit Lippenstift
:*)	Eskimokuss

Wir küssen eben unglaublich gerne, wenn wir lieben, und Küsse haben in der Liebe und für Verliebte eine außerordentliche Bedeutung. Kuss und Liebe sind untrennbar, schreibt Emile Malespine und setzt hinzu: »Wir küssen, weil wir lieben.«

Liebende wollen küssen, da gibt es keinen Zweifel. Sie suchen die körperliche Nähe. Sie ist das Einzige, was die Sehnsucht nach der geliebten Person stillt, oder wie es ganz banal in einem Schlager von 1925 heißt: »Es führt kein Weg zur Seligkeit als über deinen Mund.« Und der Liebende will von seiner Angebeteten geküsst werden. In diesen Küssen soll Gefühl stecken. Sie sollen

Aufschluss darüber geben, wie sehr man geliebt und begehrt wird.

»Wissen Sie«, schrieb mir eine 45-jährige Frau, »es war nicht so sehr, dass er anders küsste als andere Männer, aber er hatte die Gabe, alles in seine Küsse zu legen. Wenn er mich küsste, dann hatte ich das Gefühl, dass es nur um diesen Kuss ging, sonst nichts. Auch die Art, wie er mich dabei hielt und wie er mich anschaute, bevor er mich küsste. Ich kann Ihnen sagen, wenn dieser Mann mich küsste, da konnte ich nicht mehr nein sagen.«

Für eine 82-Jährige war es nicht der Kuss auf den Mund, der ihr unvergesslich blieb. Sie erzählt:

»Er war ein stattlicher Mann. Groß und ungemein elegant. Er verstand es, Frauen den Hof zu machen. Niemals hätte er sich einer Dame plump genähert. So war er auch in der Liebe. Als er mir einen Antrag machte, hat er mir die Hand geküsst. Das ist mir durch und durch gegangen. Das gibt es ja heute nicht mehr.«

Solche Küsse,
wie sie frühen Tagen gehören,
wo Herz und Seele und Sinn vereint sich regen
und das Blut Lava ist und der Puls Feuer,
jeder Kuss ein Herzbeben …«

George Gordon Noël Lord Byron (1788–1824),
englischer Dichter

Und ein Mann erzählt gar von seinem schönsten und betörendsten Kuss, der gar nicht stattgefunden hat. »Es war ein Nicht-Kuss. Ich war vierzehn oder fünfzehn Jahre alt und unsterblich in Annette verliebt. Nach unseren abendlichen ›Ausflügen‹, die auf Grund elterlicher Anweisungen nie länger als bis maximal zehn Uhr dauern durften, brachte ich sie nach Hause. Auch das war eine Auflage, allerdings eine angenehmere! Dann standen wir jedes Mal lange voreinander, umarmten uns, schauten uns tief in die Augen. Nur zum Küssen fehlten mir Mut und Erfahrung. So standen wir und standen, Tage, Wochen, bis mein Blick einmal zufällig auf einen Titel in der Auslage der Buchhandlung fiel, vor der wir uns immer verabschiedeten: *Ein Kuss pro Jahr*. Annette sah meinen Blick, den Titel, sah mich an, ich sie. Schließlich sagte sie: ›Das schaffst du nie!‹ Ich weiß nicht, ob wir uns damals geküsst haben oder ich mit hochrotem Kopf das Weite gesucht habe. Gerne würde ich Annette heute, vierzig Jahre später, danach fragen, aber was, wenn sie sich nicht mehr an meinen ›Kuss‹ erinnert?«

Zu einem Nicht-Kuss kam es auch bei dem bekannten Schriftsteller Henning Mankell. Jedoch war der Nicht-Kuss leider ganz und gar nicht romantisch, eher könnte man sagen: aufschlussreich. In einem Interview erzählte der Kriminalautor, wie es dazu kam. Danach unternahm er von Mosambik aus einen Ausflug auf eine Insel mit Namen Maputo. Auf dem Eiland angekommen, schaute er sich um, während er aus einiger Entfernung von Einheimischen beäugt wurde. Schließlich näherte sich eine junge Frau und gab ihm zu verstehen, dass sie geküsst werden wollte. Mankell war erschrocken und fragte, weshalb er sie küssen solle. Nun, die junge Frau hatte Magazine der westlichen Welt gelesen, und in diesen stand, dass Verliebte sich küssten. Küssen war aber beim Inselvölkchen nicht üblich, und jetzt wollte die Wissbegierige einfach erfahren, wie das Küssen gehe.

Deinen Namen,
den hab ich vergessen,
deine Küsse vergesse ich nie.

Aus dem Schlager Cindy, oh Cindy von 1956

6
Intime Küsse

Einen Kuss auf Dein Herz,
und dann ein wenig tiefer,
viel, viel tiefer!

Napoleon an Joséphine

Die körperliche Berührung mit den Lippen ist etwas ganz Phänomenales. Das wissen alle, die jemals den Körper eines geliebten Menschen mit Küssen bedeckt haben. Und jeder, dessen Körper schon einmal Küsse empfangen hat, kennt die betörende Macht der Lippenberührung.

Jede Stelle des Körpers kann geküsst werden. Besonders und gerade beim sexuellen Liebesspiel. Dabei gibt es eine Abstufung im Hinblick auf die Empfindlichkeit. Die erste Stelle nehmen Mund und Brüste ein. Dann gilt, dass die Sensibilität von der Peripherie zum Zentrum hin größer wird. Von der Stirn über die Wangen, von den Fingerspitzen über die Arme, von den Füßen über die Waden fortschreitend in Richtung Geschlechtsorgane. Und ein ganz außerordentlicher Kuss, da gibt es gar kein Wenn und Aber, ist der Kuss auf das Geschlecht.

Für manchen ist das Küssen, egal wohin, das Natürlichste von der Welt. So natürlich, das selbst beim ersten geschlechtlichen Beisammensein der intimste aller Küsse ganz selbstverständlich erscheint. An solch einen Kuss erinnert sich ein 58-jähriger Mann:

»Sie war die erste Frau, mit der ich geschlafen habe. Aber es war nicht beim ersten Zusammensein, vielmehr beim dritten oder vierten. Wir lagen beieinander, längst entkleidet, und hatten schon eine Weile einander zärtlich gestreichelt und heftig umschlungen, als mein küssender Mund von ihren Brüsten weiter südwärts fuhr und sich schließlich in ihrem Schamhaar verfing. Sie wehrte ab, mit zusammengepressten Schenkeln ebenso wie mit Worten. Derweil ließ ich meine Zunge graben, bis ihre Schenkel sich allmählich lösten und ich ihre Schamlippen umspielen konnte. Schließlich zog sie ihre Beine mit angewinkelten Knien zurück und präsentierte mir ihre wundervoll eingefasste Purpurpforte, die ich nun mit der Zunge liebkoste und mit den Zähnen knetete. Ein Duft und ein Geschmack wie von zartem Fisch und feiner Vanille. Und schließlich fuhr ich mit meinem ganzen Gesicht durch diesen anmutigen Sumpf, und mit meinen Ohren vernahm ich, dass es ihr gefiel.«

Dabei sind es ganz verschiedene Empfindungen, die da wirken. Es macht einen Unterschied, ob man den geliebten Körper küsst oder ob der eigene Körper vom Geliebten geküsst wird. Beides sind allerdings erotische Hochgenüsse, die sich noch steigern können, sofern die unterschiedlichen Sinneseindrücke im Liebesspiel zugleich empfunden werden.

Dass die Lippenberührung weitaus intimer ist als die Berührung mit den Fingern oder das Streicheln mit der ganzen Hand, davon berichten schon die frühesten Abhandlungen über Liebe und Sexualität. Und selbstverständlich waren Kussforscher zu allen Zeiten davon überzeugt, dass dem Kuss eine ganz besondere Berührungsmacht innewohnt. Wenngleich natürlich manche von ihnen in der Vergangenheit aus gebotenem Anstand über diese Wirkung der Küsse lieber schwiegen.

Einzelne Kussforscher machten jedoch kein Hehl aus ihren pikanten Kusseinschätzungen. So erschien im Jahre 1777 ein Buch, in dem nachzulesen ist, dass der Kuss ein elektrisches Feuer zu entzünden vermag. Er schleiche durch alle Nerven und Adern, mache den Puls hüpfen und versetze das Blut in Wallung, hieß es.

Aber nicht nur das wusste man zu berichten. Zu allen Zeiten war man sich zweifelsohne auch bewusst, dass es Küsse gibt, die allergrößte Lust verschaffen können. Die Rede ist vom sexuellen Kuss, der auch genitaler oder oraler Kuss genannt wird. Wir finden dafür auch die Bezeichnung oraler Geschlechtsverkehr beziehungsweise Mundverkehr.

Von diesen Küssen liest man freilich nichts in den Kussbüchern vergangener Jahrhunderte. Oder wenn, dann werden sie herabgesetzt, etwa in einem Kussbuch von 1802 mit dem Titel *Über den Kuss und das Küssen.* Dort lauten die entsprechenden Worte: »Man treibt aber mit allen Sachen Missbrauch. Man drückt oft einen Kuss, der nur für die Lippen bestimmt ist, auf andere Theile, welche nicht dazu bestimmt zu sein scheinen.«

Erst im ersten Viertel des zwanzigsten Jahrhunderts traut sich der holländische Frauenarzt und Sexualforscher Theodor Hendrik van de Velde das auszusprechen, was sowieso schon alle Welt weiß. Dass der Genitalkuss ein hervorragendes Mittel ist, die geschlechtliche Lust anzuheizen und auf den Geschlechtsverkehr vorzubereiten. Der Mediziner empfiehlt, den oralen Kuss besonders beim weiblichen Geschlecht anzuwenden. Der Reizkuss, wie van de Velde den Oralkuss nennt, sei außerordentlich geeignet, um der Frau einen schmerzlosen und vor allem genussvollen Koitus zu ermöglichen.

Männer genießen den Kuss am Genital im selben Maße wie Frauen. Und Frauen, die professionell mit der Geschlechtslust des Mannes umgehen, lassen sich diesen Liebesdienst nicht nur gut bezahlen, sondern bedienen sich des Reizkusses, sofern es nötig ist. Etwa wenn Freier nicht richtig in Stimmung kommen, wenn der Penis »bockt« oder wenn bei älteren Männern die Potenz im Nachlassen begriffen ist.

Der geschlechtliche Doppelkuss
wird humorvoll *soixante-neuf,*
also 69, genannt.
Von *Krähenliebe* spricht man hingegen
im *Kamasutra.*

In Prostituiertenkreisen hat der geschlechtliche Kuss sogar einen speziellen Namen: *Minett(e),* präziser noch: *Minette machen.* Diese Bezeichnung kommt ursprünglich aus dem Französischen und lautet vollständig: *faire minette.* Genau übersetzt heißt das: *Das Kätzchen machen.*

Ein sachkundiger Forscher wusste bereits vor mehr als siebzig Jahren zu berichten, dass *Minette machen* in verschiedener Weise ausgeübt wurde. Im Wesentlichen aber belecke das Mädchen mit ihrer Zunge verschiedene Körperstellen ihres Besuchers stoßweise, um schließlich an der Eichel des Penis anzugelangen, falls sie nicht schon von vornherein mit dieser begonnen hatte.

Die schöne Bezeichnung *das Kätzchen machen* gilt sowohl für den Oralkuss beim Mann als auch bei der Frau. Und dass diese Küsse schon von jeher einen schweren Stand hatten, sieht man unter anderem an ihren trostlosen Namen.

Der Gipfel sind die faden Bezeichnungen Cunnilingus und Fellatio, die eine Unterscheidung bezüglich des geküssten Geschlechts möglich machen. Die Begriffe sind lateinischen Ursprungs und wurden vermutlich von Wissenschaftlern eingeführt. Sie hören sich nicht nur steril und klinisch an, sondern sie gehören auch nicht zu jedermanns alltäglichem Wortschatz.

Es wundert deshalb nicht, dass sie bei einer Umfrage des *PLAYBOY* nicht zugeordnet werden konnten. So geschehen im Jahre 1987, als im Auftrag des Männermagazins nach Kussvorlieben gefragt wurde. Glatt verwechselten einige der Befragten Cunnilingus (Genitalkuss bei der Frau) mit einer irischen Fluglinie. Diese trug den Namen Air Lingus.

Aber welchen Namen man dem intimsten aller Küsse auch gibt, er ist und bleibt ein wirkungsvolles Reizmittel bei der sexuellen Lust. Und auf dieses Reizmittel kann zurückgegriffen werden, wenn es darum geht, wollüstige Gefühle zu steigern. Aber auch oder gerade, wenn es mit dem normalen Geschlechtsverkehr nicht mehr klappt.

Jedenfalls soll der Genitalkuss bei den Römern unter anderem das letzte »Aushilfsmittel der Alten und Impotenten« gewesen sein. In gewisser Weise konnten sie mit dem Reizkuss weiterhin »ihren Mann stehen« und ihre sexuelle Potenz unter Beweis stellen. Ein Beispiel hierfür können wir einem Epigramm des Dichters Martial entnehmen, in dem geschrieben steht:

»Weshalb nennest du, Tha'is, Greis mich öfter?
Greis ist, Thais, den Mund zu schänden niemand.«

Der orale Kuss vermag folglich den Koitus »zu ersetzen«. Unter bestimmten Umständen kann der Geschlechtsverkehr sogar ins Hintertreffen geraten. Dann nämlich, wenn die Klimax durch den Reizkuss bereits erreicht und der sexuelle Appetit gesättigt wurde. Dies wiederum war den Moraltheologen ein Dorn im Auge. Nicht, weil sie sich selbst solche wollüstigen Gefühle strengstens untersagten. Nein, ihre Schäfchen – genauer gesagt, ihre verheirateten Schäfchen – sollten ihrem Geschlechtstrieb ausschließlich zum Zwecke der Fortpflanzung, also der Kinderzeugung, nachgehen. Deshalb wetterten sie gegen diese Art der geschlechtlichen Befriedigung.

Obgleich den Kirchenvätern diesbezüglich praktische Erfahrungen logischerweise fehlen mussten, wussten sie erstaunlich viel über das, was in den Betten so vor sich ging. So konnten sie beispielsweise im achtzehnten Jahrhundert die Frage diskutieren, ob es *immer* eine Todsünde sei, wenn der Ehemann sein »Glied in den Mund seiner Frau gibt«.

Die Beantwortung der Frage war für die Moraltheologen nicht leicht und konnte in Gänze nicht erfolgen. Unschlüssig spaltete sich deshalb ihr Lager. Einerseits, davon waren sie überzeugt, befördere »die Mundhöhlenwärme« die Gefahr, den Samen zu vergeuden. Was, und darin waren sich alle einig, »eine besondere Sünde gegen die Natur sei«. Andererseits wussten sie von der »Schwäche des Mannes« und wollten dem Ehemann die Möglichkeit einräumen, »sich dadurch zum Begattungsakte erregen zu können«.

Interessanterweise verschwendeten die Kirchenmänner keine Zeit damit, über den Genitalkuss beim weiblichen Geschlecht nachzudenken. Vielmehr schwiegen sie sich über diese Lustquelle mehr oder weniger aus. Eine mittelalterliche Skulptur macht jedoch deutlich, was katholische Würdenträger vom Cunnilingus hielten. Die Steinskulptur stellt eine Frau dar, vor der der Teufel hockt. Dieser berührt mit seinem Mund den Schoß der Frau und macht offensichtlich das, was ein guter Christ niemals machen sollte.

Für jedermann sichtbar steht das von Menschenhand geschaffene Werk nach wie vor in England in der Vorhalle einer Kirche. Offenkundig wurde es dazumal dort platziert, um Kirchgänger von solcherart Teufelswerk abzuhalten. Allerdings liegt die Vermutung nahe, dass es so manchen Gläubigen wohl erst auf solche sündhaften Gedanken gebracht hat.

Die Verwendung des Mundes als Sexualorgan
gilt als Perversion,
wenn die Lippen (Zunge) der einen Person
mit den Genitalien der anderen
in Berührung gebracht werden …
Sigmund Freud (1856–1939)

Nicht nur Kirchenväter hatten – und haben vielleicht sogar noch heute – Vorbehalte gegenüber dem Genitalkuss. Gegenwärtig lassen sich selbst im modernen Europa Männer und Frauen finden, die das Berühren der Genitalien mit Händen und Mund ablehnen. Ausschlaggebend hierfür sind Anstandsvorstellungen, Erziehung und Religion.

Beispielsweise lassen sich unter den Zyperntürken Männer finden, die bezüglich des Genitalkusses sogar fein säuberlich zu unterscheiden wissen. Während sie nämlich im Bordell dem

Oralverkehr frönen, erwarten sie von ihrer Ehefrau, dass diese die »extravaganten Geschlechtsspiele« noch nicht einmal kennt.

Vor zirka fünfzig Jahren taten sich auch die US-Amerikaner schwer, wenn es um die Mundberührung unterhalb der Gürtellinie ging. Bis der Sexualforscher Alfred C. Kinsey ihnen die Augen öffnete. Plötzlich war dem »normalen« Mann auf der Straße klar, dass das, was er bisher mit schlechtem Gewissen »trieb«, sein Nachbar ebenso »machte«.

Seit dem *Kinsey Report* (von 1948 sowie 1953) hat sich nicht nur im Land der unbegrenzten Möglichkeiten viel geändert. Fast können wir von einer tabufreien Sexualität sprechen, wovon nicht nur diverse Hollywoodstreifen Zeugnis ablegen.

Biologen und Zoologen belegen bei unzähligen Tierarten ein unbekümmertes Betasten der Geschlechtsorgane mit dem Maul oder der Schnauze. Derart sorglos ist das hoch entwickelte Säugetier Mensch allerdings niemals mit der Genitalberührung umgegangen. Zumindest gab es in der Vergangenheit diesbezüglich ein beständiges Auf und Ab. Zudem hatten einzelne Kulturkreise spezifische und manches Mal sehr eigenwillige Einstellungen gegenüber dem Geschlechtskuss bei Mann oder Frau.

Die alten Griechen urteilten zum Beispiel äußerst geschlechtsspezifisch. Sie redeten etwa mit Verhöhnung und Ekel über den Cunnilingus. Befriedigte ein Mann eine Frau mit dem Mund, nannten sie ihn Scheidenlecker. Was einer argen Beschimpfung gleichkam. In den Augen der Griechen war jemand, der so etwas praktizierte, ein verweichlichter Mann, ein Pantoffelheld.

Gab sich hingegen ein Mann der Fellatio hin, verspottete man ihn höchstens. Noch milder wurde der orale Kuss beurteilt, wenn sich ein Mann von seinesgleichen fellieren ließ. Aus diesem Grund findet sich auf Schalen und Vasen des antiken Griechenlands wohl die Fellatio dargestellt, aber niemals der Cunnilingus.

Ähnlich wie die Griechen betrachteten auch die Römer den Genitalkuss beim Mann und Weib. Nur gingen sie bei der Beschimpfung noch gnadenloser vor. Ihnen galt ein Mann, der den Cunnilingus mit Genuss ausführte, als geisteskrank oder impotent.

Man kann nur vermuten, dass es im alten Peru der präkolumbianischen Zeit ähnlich unterschiedliche Beurteilungskriterien gegeben haben muss. Denn unter den peruanischen Keramiken finden sich keine Cunnilingus-, wohl aber Fellatiodarstellungen.

Im Peru der Inkazeit hat man den Verstorbenen sogar Gegenstände mit ins Grab gelegt, die sofort unsere Bestattungsordnung auf den Plan rufen würde. Es handelt sich um Trinkgefäße, die Frauen saugend und lutschend am Penis des Mannes darstellen. Archäologen vermuten, dass die Gefäße mit Flüssigkeit gefüllt waren, um die Toten vor dem Verdursten zu bewahren. Auf jeden Fall aber werden diese reizvoll aufgemachten Grabbeilagen die Verstorbenen sexuell wohl genauso beflügelt haben wie all jene, die sie heute im Museum bewundern dürfen.

Machen wir nun einen großen Schritt ins zwanzigste Jahrhundert und schnüffeln in einigen Forschungsberichten herum. Dort finden wir ebenfalls unterschiedliche Haltungen gegenüber dem Oralkuss. Zuweilen können wir die diesbezüglichen Einstellungen aus Sitte und Moral ableiten. Wie beispielsweise bei den Nandi in Westafrika, die diese Kussart nicht gekannt haben sollen. Wie es heißt, hätten Freudenmädchen den Cunnilingus erst von Europäern, Arabern, Indern und Suaheli vermittelt bekommen.

Jedenfalls haben die Nandi ein besonderes Verständnis von ihrem Genital. Ihnen gilt das Berühren der Geschlechtsteile mit den Fingern als etwas »Unreines, Widerwärtiges, Ekelerregendes«. Weshalb sie nicht verstehen können, wie man einerseits mit den Fingern essen und andererseits damit die Genitalien anfassen kann. Und weil das so ist, würde ein Nandi auch niemals beim Urinieren seinen Penis berühren. Vielmehr geht er stattdessen in die Hocke.

Entsprechend berührt ein Nandi-Mann bisweilen zwar zur Stimulierung seiner Liebespartnerin den Flaum ihres Schamhügels, nie jedoch ihre intimsten Stellen. Umgekehrt fasst eine Nandi-Frau niemals das Glied eines Mannes an.

Eine scharfe Trennungslinie zwischen Mund und Genital beziehungsweise zwischen Nahrung und Sexus ziehen auch die bereits erwähnten Arapesh von Neuguinea. Sie haben Cunnilingus und Fellatio deshalb mit einem absoluten Tabu belegt. Was übrigens nicht bedeutet, dass sie sexualitätsfeindlich sind. Im Gegenteil, schon den Kindern wird beigebracht, dass Sexualität etwas Gutes ist. Das eine hat folglich mit dem anderen nichts zu tun.

Vorbehalte gegenüber der genitalen Mundberührung pflegt auch ein Nomadenvolk der Kalahari, die !Kung in Südwestafrika. Weder nehmen die Frauen männliche Genitalien in den Mund, noch küssen die Männer jemals eine Vulva. Doch anders als die Arapesh hindert sie daran kein Tabu. Nein, was die Männer anbelangt, sind sie der Meinung, dass diese sich an dem Geschlechtsteil der Frau den Mund verbrennen könnten.

Um auf solcherlei Aberglauben zu treffen, müssen wir freilich

Intime Küsse

… nach dem innigen Kuss auf den Mund
ist der innige Kuss auf die Brustwarzen
und den Hals geboten …
PLAYBOY

Ein Kuss ist kein Vergnügen,
das mit dem erreichten Zweck verlöscht.
Johann Ferch (1879–1954),
österreichischer Erzähler

Sexuelle Küsse haben einen ganz besonderen Charakter.
Durch sie fallen die normalen Schranken
der körperlichen Distanz.
Sie haben den köstlichen Geschmack,
in das Verbotene einzudringen.
Rosalind Coward (geb. 1953),
englische Autorin

Sein wissender Mund
will andere Lust und neue Zärtlichkeit …
Aus: La Vagabonde, Sidonie-Gabrielle Colette
(1873–1954), französische Schriftstellerin

nicht den europäischen Kulturkreis verlassen. Es ist nicht lange her, da glaubte man auch hierzulande an Krankheiten, die durch den Genitalkuss ausgelöst würden. Hartnäckig und lange hielt sich zum Beispiel die Befürchtung, Cunnilingus würde zu Zungenlähmungen führen. Auch kursierte das Gerücht, die Vulva würde sich durch Lippenberührungen entzünden. Wer Fellatio ausübte, konnte sich nicht zuletzt »Geschwüre im Hals« zuziehen oder einen »üblen Geruch aus dem Munde« bekommen.

Auf solche Folgen des Genitalkusses hatte bereits eine Arbeit aus dem Jahre 1839 aufmerksam gemacht. Die umfangreiche und kenntnisreiche Abhandlung trägt den Titel *Geschichte der Lustseuche im Altertume.* In ihr kann auch nachgelesen werden, wie sich trickreiche Prostituierte des »Mundgeruches durch Fellatio« entledigten. Sie kauten ganz einfach gebrannte Kaffeebohnen. Schon rochen die »liederlichen Dirnen« angenehm aus dem Munde.

Wer vor diesen wissenschaftlichen Offenbarungen die Ratschläge aus dem *Kamasutra* befolgt hatte, muss wohl von Panik ergriffen worden sein. Steht doch im Liebesbuch der Liebesbücher das genaue Gegenteil. Hier werden Mundberührungen unumwunden zur Luststeigerung empfohlen. Es ist keine Rede von unangenehmen körperlichen Konsequenzen, vielmehr wird insbesondere unerfahrenen Liebhabern und Männern, die eine Frau »in Besitz nehmen« wollen, der Cunnilingus wärmstens ans Herz gelegt. Der geliebte Körper soll mit den Händen gestreichelt und mit Küssen bedeckt werden. Hat die Angebetete durch derlei Liebkosungen Zutrauen gewonnen, dann, so heißt es, löse der Mann »den Gürtel und den Verschluss ihres Gewandes, hebe ihre Unterkleider empor und liebkose ihr den nackten Unterleib und das Geschlechtsteil«.

Obgleich der Kuss unterhalb der Gürtellinie nicht unbedingt jedermanns Geschmack ist, obgleich er tabuisiert, moralisch verworfen oder aus ästhetischen Gründen abgelehnt wurde, ist er doch zu allen Zeiten ausgeübt worden. Man behauptet sogar, dass der Genitalkuss unter bestimmten Umständen zu den häufigsten sexuellen Handlungen des Menschen zählt. Er sei ein natürliches Stimulationsmittel und uns in die Wiege gelegt worden.

Ein feuchter Kuss
ist besser als ein hastiger Koitus.
Arabisches Sprichwort

Alfred C. Kinsey schrieb sogar, dass es eine normale oder natürliche Art des Verhaltens sei, das Geschlecht mit dem Mund zu berühren, und nicht etwa eine intellektuell erklügelte Perversion. Im Gegenteil: Im biologischen Sinne sei es vielmehr pervers, solcherlei Aktivitäten zu hemmen oder zu unterdrücken. Besonders wenn angenommen würde, Genitalküsse seien »gegen die Natur«.

Unerschrockene haben sich von dieser sexuellen Spielart nie abhalten lassen. Wenngleich mancherorts – sogar in »aufgeklärten« Gesellschaften – mit Strafen gedroht wurde. Beispielsweise wurde vor nicht allzu langer Zeit der Oralverkehr in einigen Bundesstaaten der USA strafrechtlich verfolgt.

Nichts, aber auch gar nichts, keine moralischen Vorbehalte, keine Tabus konnten den Reizkuss ausmerzen. Im Gegenteil, was man einst allein den Ozeaniern nachsagte, dass sie nämlich dieser Kussart gegenüber besonders aufgeschlossen wären, scheint heute für weite Teile der Bevölkerung zuzutreffen. Zumindest die überwiegende Mehrzahl der Europäer teilt die gleiche Einstellung und kann dem Genitalkuss viel abgewinnen.

Das zeigt sich nicht zuletzt in der schöngeistigen Literatur. Autoren wie Autorinnen beschreiben unverblümt den intimsten aller Küsse. So ist in einem Roman ganz selbstverständlich von einem Mann die Rede, der nach dem Schoß seiner Geliebten riecht. Und in einer anderen Geschichte fordert eine Frau ebenso selbstverständlich ihren Geliebten auf, sie zwischen den Beinen zu küssen.

Wenn man verliebt ist,
küsst man alles, alles, alles.
Carl Julius Weber (1767–1832),
Schriftsteller

7
Verbotene Küsse

Küssen verboten, küssen verboten
Küssen verboten, streng verboten!
Keiner, der mich je gesehn hat,
hätte das geglaubt:
Küssen ist bei mir nicht erlaubt.

Die Prinzen, A-cappella-Popgruppe, Liedtext von 1992

Im Jahre 1837 kam es in England zu einem aufsehenerregenden Rechtsstreit. Mister Thomas Saverland reichte Klage gegen Miss Caroline Newton ein. Bis dato war die junge Frau unbescholten, doch jetzt hatte sie etwas Ungeheuerliches getan. Was war geschehen?

Die Lady hatte dem forschen Saverland ratzfatz die Nase abgebissen. Niemandem wäre zuvor in den Sinn gekommen, dass sie zu einer solchen Tat fähig sei, am wenigsten Mister Saverland. Weshalb er auch ohne Argwohn den Versuch unternommen hatte, der Dame seines Herzens gegen ihren Willen einen Kuss aufzudrücken. Der Draufgänger musste jedoch augenblicklich von der Angebeteten ablassen, als ihn ein höllischer Schmerz durchzuckte.

Augenscheinlich war seine Angebetete keineswegs von ihm so angetan, wie er es gewünscht hatte. Ganz im Gegenteil. Sie war nicht gerade amüsiert und wusste sich nur auf diese unsanfte Art zur Wehr zu setzen. Die fehlende Nase wiederum veränderte die Gefühlslage des tollkühnen Mister Saverland drastisch. Seine Liebe kehrte sich in Rachegelüste um. Und so zerrte er das ehemals begehrte Weib vor den Kadi.

Zur Enttäuschung des verbitterten und entstellten Klägers, und wohl auch zur Überraschung all jener, die den Biss für eine übertriebene Reaktion hielten, wurde die Angeklagte freigesprochen. In dem Gerichtsurteil hieß es: »Wenn ein Mann eine Frau gegen ihren Willen küsst, so ist sie vollauf berechtigt, ihm in der Verteidigung ihrer Frauenehre die Nase abzubeißen.«

Anderen Männern, die ihre Angebetete ungefragt geküsst hatten, erging es in früheren Zeiten noch ärger. So soll ein römischer Bürger zum Tode verurteilt worden sein, weil er einer Ehefrau einen Kuss geraubt hatte. Einen Franzosen ereilte das gleiche Schicksal. Auch über ihn war die Kusslust gekommen. Ohne zu fragen und angeblich mit Gewalt küsste er die Ehefrau eines anderen, weshalb man ihn zum Schwerte verdammte.

Jahrhunderte später befasste sich sogar ein Papst mit einem geraubten Kuss. Es war Papst Sixtus, der während seiner kurzen Amtszeit von 1585–90 einen übermütigen jungen Kussräuber in Rom verurteilte. Der Missetäter wurde zwar nicht mit dem Tode bestraft, aber immerhin ließ der Pontifex ihn auf eine Galeere schmieden.

Heutzutage können wir es kaum glauben, dass geraubte Küsse eine so große Rolle spielten. Aber in vergangenen Zeiten beschäftigten sich unzählige Juristen damit. In einer juristischen Schrift mit dem Titel *Von dem Rechte des Frauenzimmers gegen eine Mannsperson, die es wider seinen Willen küsset* von 1775 wurden so »schwerwiegende Fragen« aufgeworfen wie: »Darf ein unverlobtes oder verlobtes ehrliches Mädchen nach einem ihr von einer Mannsperson geraubten oder freywillig gegebenen Kusse, noch den Jungfernkranz tragen?« Oder: »Wenn ein Chapeau zum Mädchen sagt: willst du mich zum Mann, so gieb mir einen Kuss, und sie küßt ihn, ohne ein Wörtchen dabey zu sagen, ist das ein verbindliches Eheverlöbniß?« Nicht zuletzt wurde erörtert, ob eine »Jungfer, die einen männlichen Kuss« duldet, noch als keusch betrachtet werden könnte.

Derlei Fragen machten der Justiz ordentlich zu schaffen. Mehr noch, Richter hatten über das Schicksal von Küssern und Geküssten, von rechtmäßig und unrechtmäßig gegebenen Küssen zu urteilen. Sie mussten sorgsam abwägen und entscheiden. Stets hatten die Juristen im Visier, ob es sich um eine unstatthafte und mithin strafbare Tat handelte. Entsprechend erkannte 1624 etwa die Leipziger Juristenfakultät an, dass Frauenzimmer den Kussräuber rechtlich belangen konnten. Geraubte Küsse wurden mit Geld oder mit Gefängnisstrafe geahndet. Man sah sie als *stuprum violens implicitu* an, als feinere Art der Notzucht.

In anderen Ländern Europas sah es nicht viel anders aus. Zum Beispiel forderten geraubte Küsse auch in Italien den juristischen Sachverstand heraus. Und so zählte man 1775 derlei Küsse zu den »Gattungen der fleischlichen Verbrechen«.

Letztendlich ging es beim Kussraub um die Ehre und das Ansehen der Frauen. Sofern die Geküsste eine verheiratete Frau war, konnten zugleich die Ehre und das Ansehen des Ehemannes verletzt sein. Er wurde sozusagen gehörnt, besonders wenn der Kuss öffentlich geküsst wurde. Entsprechend wurden geraubte Küsse ebenso vom Gatten geahndet, und zwar recht hart. Besonders wenn die Küsse nicht im Scherz gegeben wurden, sondern in »geiler Liebe geschehen« waren. Die Tollkühnheit eines jeden Lehnsmanns, der die Frau seines Lehnsherrn ungefragt küsste, konnte entsprechend mit der Einbuße seines Lehens bestraft werden.

Natürlich machte es einen Unterschied, ob ein Kussraub unter dem Bauernvolk, den Bürgern oder den Adligen vorkam. Ob einem vornehmen Fräulein von einem Grafen ein Kuss geraubt wurde oder aber ob ein Knecht die Bäuerin küsste.

Man soll jedoch nicht glauben, dass es ausschließlich Damen von höherem Stand waren, die die strengen Kusssitten jener Tage beherzigten und sich zur Wehr setzten. Auch Frauen von niedrigem Stand fühlten sich in ihrer Ehre verletzt, wenn sie von Blaublütigen ohne ihre Einwilligung geküsst wurden.

Angeblich soll sogar ein »gewöhnliches Küchenmädchen« Kaiser Karl V. eine Ohrfeige verpasst haben, nachdem er ihr ohne ihr Einverständnis einen Kuss aufgedrückt hatte. Es soll in Weinlaune bei einem Festmahl geschehen sein. Zur großen Überraschung seiner Hoheit und aller Anwesenden fühlte sich das junge Mädchen mitnichten von dem kaiserlichen Kuss geehrt. Vielmehr machte sie von dem mittelalterlichen Recht Gebrauch, sogleich zuzuschlagen. Womit sie im Übrigen ihr Recht auf ein gerichtliches Verfahren verwirkte.

Es ist leider nicht überliefert, welche hoheitliche Strafe dieser jungen Maid nach der ausgeteilten Maulschelle blühte. Vielleicht nahm es Kaiser Karl V. mit Humor oder war zu trunken, um den beherzten Schlag überhaupt zu registrieren.

Gesichert scheint dagegen die Reaktion auf eine Kussverweigerung einer anderen kaiserlichen Hoheit, Kaiser Otto IV. Er soll eine Jungfrau, die man Gualtrada nannte, reich belohnt haben, eben weil sie einen Kuss ablehnte. Zu dieser Abweisung war es gekommen, als Kaiser Otto IV. die Schönheit des bezaubernden Fräuleins in aller Öffentlichkeit gepriesen hatte. Das veranlasste ihren Vater, sie dem Herrscher zum Küssen anzubieten. Gualtrada aber war bestürzt und setzte sich mit den Worten zur Wehr: »Es soll mich niemand küssen als mein künftiger Ehemann.« Der Kaiser war davon ungemein beeindruckt und versprach sie daraufhin einem deutschen Edelmann. Zur Hochzeit gab es obendrein noch ein großzügiges Geschenk, eine Grafschaft.

Schienen Eifersucht, Wollust oder »bloße Geilheit« beim Kuss im Spiel gewesen zu sein, fackelten die betroffenen Herren nicht lange. »Vornehmlich aber ist es den Ordens-Leuten ein groß Verbrechen ein Weib zu küssen ...«, hieß es im 17. Jahrhundert. Wenn es dennoch jemand wagte, zumal noch in aller Öffentlichkeit, waltete nicht immer Gnade vor Recht.

So soll schon Rudolph I. von Habsburg nicht lange gezögert haben, als seine zweite Gemahlin beim Aussteigen aus dem Wagen von einem Geistlichen geküsst wurde. Der König hatte mit angesehen, wie der Bischof von Speyer zunächst seiner Agnes beim Verlassen des Gefährts zur Seite stand. Dann allerdings wurde Rudolphs Blick ungnädig, als der Bischof ihr unaufgefordert Wangenküsse verpasste. Es wird berichtet, dass in Anbetracht der schönen Agnes einfach die Kusslust über den Kirchenmann gekommen sei. Dafür jedoch hatte der Habsburger absolut kein Verständnis. Auch billigte er keinem Priester das Vorrecht zu, seine Agnes mit Küssen segnen zu dürfen. Erzürnt verwies er den Bischof des Landes mit den Worten: »A tali benedictione libera nos, domine!« Also: Mit derartigem Segen bleibt uns ferne, Herr!

Dazumal hatten Küsse eben eine ungeheure Bedeutung. Männer konnten sich sogar scheiden lassen, wenn sich ihre Angetraute von einem fremden Mann küssen ließ. Ein Kuss von einem anderen Mann wurde nicht nur als »Vorbote des Ehebruchs« angesehen, sondern war bereits eine »stattsame Ursache zur Ehescheidung«.

Den Männern ging es in erster Linie um die »Keuschheit der Weiber«, aber auch um deren absolute Treue. Einen Kuss betrachteten sie quasi schon als »halben Geschlechtsverkehr«. Für den gekränkten Verlobten oder Ehemann, den Verliebten oder treusorgenden Vater war ein fremder Kuss kein harmloses Kavaliersdelikt.

Und wenn jemand glaubt, diese Zeiten wären längst vorbei, dann täuscht er sich. Prominente können mit heiklen Kussaufnahmen erpresst werden. Fotos von harmlosen Bussis bei Preisverleihungen können die Ehefrau oder den Ehemann des Preisträgers auf den Plan rufen. Politiker müssen sorgsam darauf achten, dass Wangenküsse, mit der sie ihre Kollegin begrüßen oder ihr gratulieren, nicht zu gefühlvoll ausfallen. Andernfalls sehen sie sich am nächsten Tag mit heiklen Fragen in der Presse konfrontiert. Ja, der Skandal ist vorprogrammiert, sofern bekannte Personen sich nicht an den öffentlichen Kusskodex halten. Insbesondere wenn es sich um bekannte Sterne und Sternchen oder um Personen aus dem Königshaus handelt.

Paparazzi warten nur darauf, dass sie eine unverheiratete Prinzessin oder einen noch ledigen Prinzen beim Küssen »erwischen«. Und was ist mit Bruce Willis, Paul McCartney, Kylie Minogue, Nicole Kidman usw.? Verheiratet oder nicht, ein Kuss mit dem Falschen oder der Falschen ginge um die Welt.

Jede Gazette würde über den »skandalösen« Lippenkontakt berichten.

Im Grunde genommen kann ein Kuss aber auch jeden Normalsterblichen zur Weißglut oder vor den Richterstuhl treiben. Ein Foto genügt schon, sofern es die geliebte Person mit einem anderen beim Zungenspiel zeigt, um die Gefühle zum Kochen zu bringen. Zumal wenn der »Betrogene« aus Eifersucht einen Privatdetektiv engagiert hatte, um an Beweise für seinen Verdacht heranzukommen.

Zarah Leander fragte 1938 in dem berühmt gewordenen Tonfilmschlager: »Kann denn Liebe Sünde sein? Darf es niemand wissen, wenn man sich küsst, wenn man einmal alles vergisst vor Glück?« Die Antwort ist eindeutig ja: Man darf nicht unter allen Umständen seine Liebe durch einen öffentlich ausgetauschten Kuss kundtun. Sitte und Anstand sprechen vielerorts dagegen.

Dazumal soll schon der Staatsmann Cato einem Bericht von Plutarch zufolge den künftigen Konsul Manilius aus dem Senat entlassen haben. Es heißt, weil dieser seine eigene Ehefrau »bei Tage und vor den Augen seiner Tochter zärtlich geküsst hatte«. Und mehr als 2000 Jahre später?

Bücher, die uns Etikette vermitteln sollen, weisen immer noch darauf hin, dass Küsse öffentlich nicht ausgetauscht werden sollten. Ausnahmen bilden allein die so genannten offiziellen Küsse wie etwa Begrüßungs-, Verabschiedungs- oder Verlobungsküsse. Liebesküsse gehören jedoch nicht dazu. Der gute Ton verbiete es, diese auf der Straße auszutauschen.

Genau darum ging es, als unlängst in Malaysia eine Moralkampagne gegen das Küssen in der Öffentlichkeit auf massiven

Protest gestoßen war. Mindestens 170 Paare mussten eine Geldstrafe in Höhe von 22 Euro entrichten. Ihr Vergehen: Trotz Verbote hatten sie in Parks dem Lippenspiel gefrönt.

Es erhitzten sich die malayischen Gemüter wegen der unzumutbaren Einschränkung sowie der zu hohen Geldstrafe. Damit hatte die Obrigkeit nicht gerechnet, denn sechzig Prozent der Bevölkerung bekennen sich zum muslimischen Glauben. Muslime sind normalerweise sehr darauf bedacht, Vorschriften, die Privates betreffen, einzuhalten.

Infolge des Kussverbotes erschienen kritische Beiträge in diversen Zeitungen und von verschiedenen Menschenrechtsorganisationen, und auch Oppositionspolitiker meldeten sich zu Wort. Bei so viel Widerstand sahen sich die Verantwortlichen gezwungen zu reagieren. Sie setzten die Kampagne vorläufig aus. Die kussfreudigen Malayen hatten sich durchgesetzt.

Besonders in traditionellen Gemeinschaften wird das Küssen in der Öffentlichkeit nicht gerne gesehen. Als Frau kann es einem passieren, dass man schief angesehen oder als Dirne bezeichnet wird. Junge Leute finden aber immer einen Weg, ihre Sehnsucht nach einem Kuss zu erfüllen. Zum Beispiel im türkischen Teil von Zypern. Dort fahren junge Paare mit dem Auto in abgelegene Gegenden, wo sie niemand sehen kann. Auf Sizilien wiederum treffen sich die Verliebten weit ab von ihren Dörfern. Und in anderen streng katholischen Gegenden, etwa manchen Gegenden von Spanien, machen es die jungen Burschen und Mädchen ebenso.

Auch in Ägypten betrachtet man es als unschicklich und unmoralisch, wenn man sich öffentlich küsst. Dabei spielt es keine Rolle, ob man verheiratet oder unverheiratet ist. Jedweder körperliche Kontakt, der auf Intimes deutet, wird in der Öffentlichkeit vermieden. Wir müssen also Obacht geben, wenn wir das Land der Pyramiden besuchen und einen guten Eindruck hinterlassen wollen.

Sollte uns die Reiselust in Länder treiben, die von strenggläubigen Muslimen regiert werden, dann ist doppelte Vorsicht geboten. Hier kann ein öffentlicher Kuss juristische Folgen nach sich ziehen. Selbst körperliche Züchtigungen sind nichts Ungewöhnliches, wenn man es wagte, vor anderen Menschen und zudem noch unverheiratet zu küssen.

Für kussfreudige Menschen ist Europa aber mehr oder weniger ein wahres Paradies. Besonders in den Großstädten kann überall geküsst werden. Was natürlich nicht heißt, dass es allerorts gern gesehen wird. Aber zumindest kann im Großen und Ganzen ausgeschlossen werden, dass ein Kuss auf der Straße oder, sagen wir mal, auf dem Bahnhof geahndet wird.

Das war in den Fünfzigern und Sechzigern noch anders. Geküsst wurde im Verborgenen, im Dunkel der Nacht, an nicht einsehbaren Plätzen, in Häuserwinkeln oder Fluren. Das waren die Orte, an denen Liebespaare leidenschaftliche Küsse austauschten.

Und davor, in den Dreißigern und Vierzigern? Nun, da suchten Verliebte nicht selten Bahnhöfe auf. Dort konnten sie sich, nachdem sie eine Bahnsteigkarte gekauft hatten, unter die Reisenden mischen. Zwischen den Abschiednehmenden fiel das eine oder andere Paar nicht auf, das nur gekommen war, um sich ungestört in den Arm zu nehmen und zu küssen.

Besonders beliebt war wohl der Pariser Bahnhof Saint-Lazare. Denn am 7. November 1948 konnte man folgende Mitteilung in der Zeitung lesen: »Der Stadtrat von Fréron macht darauf aufmerksam, dass die dunkleren Plätze des … Bahnhofs offenbar als Orte heimlicher Verabredung dienen. Jedenfalls trifft man hier zunehmend mehr oder weniger eng umschlungene Pärchen an.«

Man schickte Polizisten zur Überwachung aus. Doch offenbar war die Polizei toleranter als der Stadtrat von Fréron, denn sie übersah geflissentlich die Küssenden. Und so ließ der Polizeipräfekt offiziell verlauten, dass man auf keinen Vorfall gestoßen sei, der ein öffentliches Ärgernis dargestellt oder gegen die guten Sitten verstoßen habe. Nichtsdestotrotz verstärkte der Polizeipräfekt die Kussüberwachung. Zudem gab er den Polizeibeamten den Auftrag, allzu leidenschaftliche Küsser darauf aufmerksam zu machen, dass der Aufenthalt im Bahnhof zeitlich begrenzt sei.

Ganz anders war es Ende der sechziger Jahre und in den Siebzigern. Denn die 68er-Generation, genauer gesagt, die 68er-Aktivisten, hatte gründlich mit »verstaubten Moralvorstellungen« aufgeräumt. Sie proklamierte für sich eine »freie Sexualität« und lebte diese auch mehr oder weniger aus.

Und plötzlich, quasi über Nacht, wurde ungeniert in Diskos, auf Rockkonzerten und Festivals rumgeknutscht. Die Achtundsechziger führten sozusagen die Kussfreiheit ein. Doch sie erreichten sie nicht für alles oder jeden.

So gibt es in Göttingen schon seit nahezu acht Jahrzehnten eine Verordnung, die das Küssen der Gänseliesel verbietet. Trotz des Gesetzes – das muss gesagt werden – küssen junge Männer Jahr für Jahr die berühmte Bronzefigur. Sie steht auf dem Marktbrunnen und die Tradition »zwingt« das Mannsvolk dazu!

Wer nämlich seinen Doktortitel erlangt hat, zieht dem Brauch gemäß mit Bollerwagen oder anderen Gespannen zum Gänseliesel-Brunnen, um die kleine Statue zu küssen. Doch die unerschrockenen Mannsbilder müssen Vorsicht walten lassen. Der Brunnenrand ist glitschig, und die Polizeivorschrift untersagt ausdrücklich ein Betreten des Brunnens. Aber wie es aussieht, drücken die Gesetzeshüter schon lange ein Auge zu, weil sich seit dem legendären »Kussprozess« im Jahre 1926 ohnehin niemand an das Kussverbot hält.

Dazumal wurde ein Student, ein gewisser Graf Henckel von Donnersmarck, zu zehn Reichsmark verurteilt. Ihn hatte man auf frischer Tat ertappt, als er das wohl mittlerweile meistgeküsste Mädchen der Welt mit den Lippen berührte. Die Richter ließen den »Straftäter« trotz flammenden Plädoyers nicht ungeschoren davonkommen. Doch seine Forderung »Geben Sie Kussfreiheit!« besteht noch heute.

Der Kuss macht ja nach Essen und Trinken
in dem menschlichen Genusse
den dritten wichtigsten Artikel aus.
Adolph Heinrich Meltzer (1761–1807)

8
Ungewöhnliche Küsse

Der Kuss ist das Zusammenenbauzen
zwei verliebter Menschenschnauzen.
Die Blicke werden immer tiefer,
es nähert sich der Unterkiefer.
Dann beginnt man mit geschlossenen Augen,
sich aneinander festzusaugen,
wobei dann ein Geräusch entsteht.
Als wenn 'ne Kuh durch Matsche geht.
Anonymus

Die Vermählung einer osmanischen Prinzessin verläuft nach einem genau festgelegten Zeremoniell, so berichtet 1903 ein gewisser Bernhard Stern in seinem Buch *Medizin, Aberglaube und Geschlechtsleben in der Türkei.* Alles ist vorgeschrieben, auch jede einzelne Handlung am Hochzeitstag. Demgemäß muss der Bräutigam am Hochzeitstag die Braut unter anderem mit vielerlei Worten und Taten umwerben. Die Braut ihrerseits zeigt sich abweisend.

Sind alle festlichen Rituale vollzogen, so wünscht die Jungverheiratete zu Bett zu gehen. Dabei zeigt sie sich recht müde. Das ist das Zeichen für die Hochzeitsgesellschaft, sich sogleich zu verabschieden.

Ist die Prinzessin dann wirklich zu Bett gegangen, geht die erste ihrer Sklavinnen in Begleitung eines Verschnittenen[1] zu ihrem frischangetrauten Gatten. Sodann überbringt sie dem Bräutigam die Kunde, dass seine Braut in Erwartung seiner sei.

Daraufhin stiehlt sich der junge Bräutigam ins Schlafgemach seiner wartenden Braut. Dann entkleidet er sich im Stillen und naht sich kniend den Füßen seiner Angetrauten, »die er sanft berührt und küsst, und wenn sie dies gutwillig leidet, rückt er weiter hinauf und kommt endlich in den Besitz der ihm von der höchsten Gunst des Sultans angewiesenen Prinzessin«.

Nicht vom Mund aus beginnt das Liebesspiel, sondern von den Füßen. Eine ungewöhnliche Vorstellung für einen Menschen aus dem Abendland. Umgekehrt muss es einer osmanischen Prinzessin wohl merkwürdig erschienen sein, wenn ihr von den Kusssitten an Europas Königshäusern berichtet wurde. Kaum sind die Hoheiten vor Gott getraut, schon küssen sie sich vor aller Augen auf den Mund. Nicht denkbar für eine Prinzessin aus dem Morgenland.

Doch in europäischen Gefilden hat dieser Kuss eine lange Tradition. Er besiegelt das Eheversprechen der beteiligten Personen und macht aller Welt deutlich: Wir sind ein Paar. Wie überhaupt der Kuss und der Ring Bestandteile der ältesten Symbolhandlungen sind. Sie besiegeln einen Pakt, und zwar nicht nur einen ehelichen.

Der Kuss nach der Trauung symbolisiert aber noch mehr. Er

1 Ein Mann, dem bereits vor der Pubertät die Hoden entfernt wurden. Verschnittene dienten auch in der Verbotenen Stadt in Peking. Sie wurden gerne bei Hofe beschäftigt, weil sie etwa »gefahrlos« die Frauengemächer betreten konnten.

ist ein Vorzeichen der fleischlichen Vereinigung, eine Bekräftigung, dass aus dieser Verbindung etwas Neues hervorgehen soll: Kinder. Im Mittelalter säumten sogar ausgewählte Personen das Ehebett eines frischvermählten Adelspaares. So sollte gesichert sein, dass sich die beiden auch tatsächlich beiwohnten.

Der öffentliche Beischlaf war in gewisser Weise zudem Gewähr, dass der spätere Nachkomme auch wirklich aus dieser Verbindung hervorging. Der legitime Erbe von Hoheiten lag dem Lande eben sehr am Herzen. Was seinerzeit auch dazu führte, dass der Entbindung von Königinnen öffentliche Personen beigestellt wurden. Heute wäre das alles undenkbar.

Nur der Kuss der Brautleute ist geblieben, in dem wir zumeist nur noch ein Zeichen der gegenseitigen Zuneigung und Liebe sehen. Deshalb wundert es nicht, dass die Menschen bewegt sind, wenn sich zwei Menschen nach der Trauung küssen. Zumal, wenn es sich um einen Prinzen und eine Prinzessin handelt, die sich gerade das Jawort gegeben haben.

Eine ganz bestimmte Magie geht von diesem Kuss aus. Man denke nur an den unbeschreiblichen Jubel, als sich das gerade getraute Paar, Lady Diana und Prince Charles, auf dem Balkon des Buckingham Palastes küsste. Als sich Mette Marit und Kronprinz Haakon oder Máxima und Willem-Alexander vermählt hatten, warteten Millionen Augenpaare auf die öffentliche Bestätigung ihres Glücks, auf einen Kuss.

Vormals war auch der Kuss zwischen den Verlobten ganz entscheidend. Und man konnte einer Braut nur empfehlen, sich nicht allzu zimperlich anzustellen. Ließ sie sich nämlich vom Bräutigam nicht küssen, riskierte sie finanzielle Nachteile.

Die Regelung war eindeutig. Verstarb ein Bräutigam, ohne

dass es zur Trauung gekommen war, ging die Braut leer aus, wenn kein Kuss zwischen den Brautleuten ausgetauscht worden war. Hatte sie sich hingegen vor dem Ableben des Bräutigams von ihm küssen lassen, stand ihr die Hälfte vom »Brautschatz« zu. So einfach war das.

Diese Kussklausel finden wir in einem Gesetz des römischen Kaisers Konstantin aus dem Jahre 336. Die Juristen nannten diesen speziellen Kuss *interveniente osculo,* und er wurde bis weit ins neunzehnte Jahrhundert hinein als gemeines Recht anerkannt.

Aus einem ganz anderen Grund wollten die Alten, besonders die Römer, ihren im Sterben liegenden Liebsten einen Kuss geben. Sie küssten die dahinscheidenden Freunde oder ihnen sonst lieb Gewesene, weil sie glaubten, die Seele des Sterbenden noch ein wenig aufhalten zu können.

Auch in der Mythologie Griechenlands finden wir diese Vorstellung. So lässt etwa der griechische Dichter B'ion Aphrodite, die Göttin der Liebe, Folgendes klagen und erbitten, als Adonis stirbt:

»Weile, Adonis,
Weile, dass ich noch einmal mich dein, Unglücklicher, freue,
Dass ich dich zärtlich umschling' und die Lippe der Lippe vereine.
Ach, nur ein wenig, Adon, mich noch einmal zu küssen, erwache!
Küsse so lange mich nur, als lang' ein flüchtiger Kuss lebt,
Bis in den Mund und hinab in mein Herz dein Leben aus deiner Seele sich geußt [gießt] …«

Die Vorstellung, dass mit dem Ende des Lebens die Seele aus dem Körper entweicht, finden wir in vielen Kulturen. Weshalb nicht selten der letzte Hauch eines Sterbenden mit einem Kuss aufgefangen wird. Die Seele soll Eingang in den Körper des Küssenden finden.

Neige deine Lippen mir zu,
damit ich dir meine Seele schicken kann.
Denis Diderot (1713–1784),
französischer Philosoph und Schriftsteller

In vielen Kulturen rund um den Erdball glaubte man zudem, dass küssende Menschen ihre Seelen austauschen oder vermischen. Eine künstlerische Darstellung aus dem alten Mexiko stellt sogar Götter dar, die durch einen Kuss ihre »Hauchseele« austauschen.

Und der römische Staatsmann Cato meinte, die Seele eines Verliebten lebe in einem fremden Körper, was eben über einen Kuss geschehe. Diese schöne Vorstellung von der Vermischung, der Weitergabe oder dem Austausch der Seelen lässt sich auch und immer wieder in unserer Dichtung finden, ob nun bei Schiller oder Goethe, bei Heine oder Rilke.

Auffallend oft ist in Kussgedichten die Seele mit im Spiel, und wie selbstverständlich wird sie herangezogen, um die Magie und den Zauber des Kusses fassbar zu machen. So wie beim englischen Dichter Percy Bysshe Shelley. »Eine Seele trifft die andere auf den Lippen der Liebenden«, heißt es bei ihm. Während sein Landsmann Robert Browning grübelte, ohne jemals eine Antwort gefunden zu haben: »Was blieb von der Seele, fragte ich mich, als das Küssen enden musste?«

Ein Kuss kann aber auch das Leben nehmen. In der talmudischen Legende lesen wir: »Da küsst Gott Moses und nimmt ihm seine Seele durch einen Kuss auf den Mund.« Auch Aaron, Bruder Moses' und Hohepriester, verliert seine Seele durch einen Kuss.

Der Seelenaustausch per Kuss oder das Nehmen der Seele und damit des Lebens mit einem Kuss erscheint dem rational Denkenden phantastisch. Und doch ist uns die Vorstellung irgendwie nicht fremd, weil wir in unserem traditionell abendländischen Denken den Atem oft für die Seele nehmen. So haucht Gott etwa Adam das Leben ein, also die Seele.

Der Mund ist als Ausgangstor der Seele gedacht,
und jeder Kuss ist ein Vermischen der Seelen.
Rudolf Lothar (1932)

Im Griechischen und Lateinischen sind die meisten Worte für Seele und Geist identisch oder eng mit dem Wort Atem verbunden. Anders als etwa im Deutschen oder Englischen. Wobei von einigen Sprachforschern angenommen wird, dass alle europäischen Sprachen für Atem und Seele die gleiche Wurzel hätten. Ursprüngliche Gesellschaften wiederum, die den Begriff der Seele nicht kennen, nehmen den Atem für das Wesen des Lebens.

Liebende bringen nun einmal beim Küssen ihren Atem zusammen. Es ist demzufolge kein großer Schritt zu sagen, dass sich zwei Seelen in diesem euphorischen Moment getroffen haben.

Früher wie heute suchen besonders junge Menschen Gelegenheiten, dem anderen Geschlecht näher zu kommen. Was gibt es Schöneres, als diesen Wunsch mit einem Kuss umzusetzen? Gewiss, ein Kuss ist eine gewagte Sache. Aber wenn man so tun kann, als sei er eigentlich ganz harmlos, dann ist ein Kuss doch wohl ein hervorragendes Mittel, um sich anzunähern, nicht wahr? Erfindungsreich ließ sich Generation um Generation die raffiniertesten Anlässe einfallen, um ihre diesbezügliche Kusslust zu rechtfertigen. So wurde nicht selten beim Karneval und Fasching Kussfreiheit verkündet und gewährt. Manch ein Kenner der Szene vermutet sogar, dass derartige Festivitäten nicht nur wegen der allgemeinen Ausgelassenheit so beliebt sind, sondern auch oder gerade, weil Bacchus und Venus den Ton angeben.

Eine andere Gelegenheit zum Küssen boten Tänze, zu deren Bestandteil auch Küsse gehörten. Bereits zu Casanovas Lebzeiten (1725–1798) erfreuten sich die Ballteilnehmer an dieser reizvollen Möglichkeit. Bei einer bestimmten »Tour« wurde die Partnerin ergriffen und geküsst, berichtet der unnachahmliche Herzensbrecher und fügt hinzu: »Man kann sich denken, dass ich reichlichen Gebrauch von dieser Freiheit machte.«

Nicht zuletzt waren auch Pfänderspiele von jeher Mittel zum Zweck. Zahlreiche wurden erfunden, vergessen und immer wieder neue erdacht. Ende des neunzehnten und Anfang des zwanzigsten Jahrhunderts erreichten die Pfänderspiele ihren Höhepunkt. Es wird behauptet, sie seien bei jeder Gelegenheit gespielt worden. Und nicht nur in Ausnahmefällen suchte man mit Hilfe sehr freigebiger, aber durchaus ehrbarer Küsse, die

Vermischung der Seelen

… er sog mit einem einzigen langen Kuss
meine ganze Seele durch die Lippen,
wie Sonnenlicht Tau trinkt.
Alfred Lord Tennyson (1809–1892), englischer Dichter

Dann erst drückte er sie in unaussprechlicher,
von eigenem Blute berauschter Liebe an sich
und wollte ihren Lippen ihre Seele aussaugen
und seine ganze eingießen.
Jean Paul (1763–1825), Schriftsteller

Süße Helena, mach mich unsterblich mit einem Kuss!
Ihre Lippen saugen mir die Seele aus
– sieh, da fliegt sie!
Komm, Helena, gib mir meine Seele wieder…
Christopher Marlowe (1564–1593), englischer Dichter

Ich presste meine Lippen auf Julias, und in diesem Kuss
ihre Seele und Liebe zu schmecken, welch ein Genuss!
Robert Herrick (1591–1674), englischer Dichter

… und seines Atems Blütenduft
ihm aus dem offnen Mäulchen sog,
da eilte meine Seele weh
und wund mir auf die Lippen hin …
nach einem jungen Dichter und Freund
des römischen Schriftstellers Aulus Gellius (um 170)

»menschlichen Beziehungen der Mitspieler untereinander zu verbessern«.

Doch sosehr gerade Verliebte einem Kussspiel entgegenfieberten, um endlich die Angebetete küssen zu können, so sehr konnte ein Pfänderspiel auch das genaue Gegenteil bewirken. Was, wenn man eine unsympathische Person küssen muss, wenn man nicht zum Küssen kommt oder gar das Liebchen von einem anderen geküsst wird?

In der 1792 veröffentlichten Erzählung *Laura, oder: der Kuss in seinen Wirkungen* von Adolf Heinrich Meltzer werden wir Zeuge dieser verzwickten Situation. Der Held ist entzückt, als es bei einem »glänzenden Abendfest« zu einem »lieben Pfänderspiel« kommt. Schon bei Erwähnung dieses Vergnügens verändern sich die Gesichtsausdrücke der Anwesenden ganz unterschiedlich. »Ein Theil davon wurde heiter, weil er dabey vermuthlich zu gewinnen, und ein anderer verdrießlicher, weil er zu verlieren, glaubte.« Die verliebten Paare suchen einander mit den Augen, um zu erfahren, was wohl der andere denkt.

Unser in Laura verliebter Held empfindet »schon einen Vorgeschmack von allen den Küssen«, die er von ihr bekommen wird. Dann setzen Zweifel ein, denn er durfte seine Laura nicht als Einziger küssen. Und wenn sie sich zum Kusse trafen, mussten sie mit Zurückhaltung küssen. Die Küsse waren infolgedessen »kalt«. So resümiert der Verliebte schließlich recht verbittert: »Küsse im Pfänderspiel verhalten sich zu den wahren Küssen, wie Zahlpfennige zu ächten Gelde; es sieht aus wie Geld, ist aber keines.«

Ähnliche Enttäuschungen mögen auch diejenigen erlebt haben, die Jahrhunderte später das so genannte Flaschendrehen kennen gelernt haben. Jenes Spiel, das wohl nicht nur die 68er-

Generation zuweilen umdeutete. Anstatt sich zu küssen, zog man sich peu à peu aus.

Bei diesem amüsanten Zeitvertreib setzten sich mehrere Teilnehmer in eine Runde. In der Mitte lag eine Flasche, die von einem der Mitspieler so in Schwung gesetzt wurde, dass sie sich von selbst weiterdrehte. Nach ein paar Umdrehungen kam die Flasche zum Stillstand. Der Flaschenhals zeigte nun automatisch auf eine Person, die daraufhin den Dreher küssen musste. War der Kuss gegeben, setzte der Küsser die Flasche erneut in Bewegung … So ging es in einem fort, wobei die Flasche noch einmal gedreht werden musste, sofern Dreher und Küsser demselben Geschlecht angehörten.

Bislang ist das Flaschenspiel noch nicht aus der Mode gekommen, wohl weil die zu erwartende Kussgelegenheit ihre verführerische Kraft noch lange nicht verloren hat. So erinnert sich heute ein 26-jähriger Mann: »Da gingen dann diese Partys los, wo man gemischt hinging. Geburtstagspartys von Klassenkameraden oder -kameradinnen, wo auch Flaschendrehen gespielt wurde. Man musste dann bestimmte Aufgaben erfüllen. Der Kuss war immer ganz weit oben und auch noch mit unterschiedlichen Abstufungen: normaler Kuss ohne Zunge oder mit Zunge. Der mit war natürlich der höchste. Die Küsse hatten dann noch unterschiedliche Namen, die ich aber leider nicht mehr weiß.«

Heutige Kussspiele

Lippenstiftkuss

Die Mitspieler müssen zur Hälfte männlich und zur Hälfte weiblich sein. Ein Pärchen beginnt. Beide bemalen sich den Mund dick mit Lippenstift, anschließend müssen sie sich in einem Schrank oder in einem dunklen Raum eine Minute lang abküssen. Nacheinander durchlaufen nun alle anwesenden Pärchen die gleiche Prozedur. Gewonnen hat dasjenige Paar, das die meisten Kussabdrücke vorweisen kann.

Lippenraten

Alle weiblichen Anwesenden schminken ihren Mund mit demselben Lippenstift. In Abwesenheit der Männer küssen sie dann ein Blatt Papier von gleicher Beschaffenheit und gleichem Aussehen. Nun müssen die Männer erraten, welcher Mundabdruck zu welcher Frau gehört. Wer richtig rät, bekommt vom »Original« einen echten Kuss.

Küsseraten

Aus einer gemischten Gruppe von Mitspielern wird eine Person gewählt. Dieser werden die Augen verbunden. Sodann erhält sie Küsse von drei ausgewählten Mitspielern. Die Küsse können harmloser oder weniger harmloser Natur sein. Erst wenn ein Küsser richtig erraten wurde, darf die Augenbinde abgenommen werden, und der Erratene ist an der Reihe.

Kartenkuss

Abwechselnd sitzen männliche und weibliche Mitspieler in einem Kreis. Einer saugt mit dem Mund eine Spielkarte an, und zwar die Herzdame. Er reicht sie seiner Nachbarin weiter. Mit viel Geschick und saugend muss sie die Karte übernehmen und dann ebenfalls weiterreichen. Wer die Karte fallen lässt, scheidet aus. Die zwei, die am Ende des Spiels übrig bleiben, sind die Gewinner und dürfen oder müssen sich küssen.

Zungenkuss

Mädchen und Jungen sitzen abwechselnd und geben einen Tischtennisball oder etwas Ähnliches von Zunge zu Zunge weiter. Fällt der Ball herunter, gibt es eine Strafe oder eben einen Kuss.

Kussspiele vergangener Jahrhunderte

Einige Kussspiele waren allein dazu erfunden worden, Gelegenheiten zum Küssen herbeizuführen. Von vornherein wusste man also, worum es ging. Andere waren nur Teil eines Spieles, also nur eine ›Bestrafung« unter vielen. Umso schöner, wenn die »Verurteilung« zum Kussvergnügen wurde.

Kusswalzer

Dieses Tanzspiel stammt noch aus jener Zeit, als die ältere Generation von der Empore herab zusah, wie die junge sich drunten im Saal tanzend verlustierte.

In der Mitte des Saales wurde ein großes Herz auf den Fußboden gemalt. Die Musiker spielten eine möglichst lebhafte Tanzmusik, häufig den Wiener Walzer. Hin und wieder wurde dann die Musik unterbrochen. Jene Paare, die sich beim Anhalten der Musik innerhalb des Herzens befanden, waren dann »verzaubert« und durften erst weitertanzen, wenn die Herren ihrer Dame einen (Hand-)Kuss gegeben hatten. Der Tanzmeister, der dieses Vergnügen leitete, achtete streng darauf, dass sich kein Pärchen ausschließlich auf dem »Herzplatz« vergnügte.

Kranichkuss

Der zu dieser Strafe verurteilte Herr muss eine Dame küssen, die sich jedoch dem Angreifer zur Wehr setzen darf, indem sie flieht. Das Komplizierte an diesem Kuss: Der Herr darf nur auf einem Bein hüpfend und ohne die Hände zu gebrauchen von einer Dame zur anderen springen. Kommt er mit dem anderen Bein auf den Boden, hat er verspielt.

Zufallskuss

Vier Damen werden mit den vier Damen eines Kartenspiels ausgestattet. Dann muss der bestrafte Herr einen der vier Könige des Spiels ziehen. Alsdann muss er die dazugehörige Dame küssen. Also: Hat er den Herzkönig gezogen, küsst der die Herzdame.

Leuchterkuss

Eine Dame wird bestraft, weil sie zuvor irgendetwas »verbrochen« hat. Sie bekommt eine brennende Kerze in die Hand und muss zu einem vorbestimmten Herrn gehen. Ihm übergibt sie den Leuchter und muss ihn sodann küssen.

Kussreise

Der Raum ist verdunkelt. Der zur Kussreise verdonnerte Herr leuchtet mit einer brennenden Kerze seinem Partner den Weg zu den anwesenden Damen. Eine nach der anderen wird von diesem geküsst. Dabei hält der Küsser ein weißes Taschentuch in der Hand. Nach jedem Kuss bekommt der Verurteilte den Mund damit abgewischt. Das ist die Ironie und eine zusätzliche Strafe.

Variante: Der Verurteilte muss dem Küsser nach jedem Kuss den Mund abwischen.

Dachkuss

Ein Mann wird bestraft, indem er das »Dach des Hauses« küssen muss. Er geht zur entsprechenden Dame, die von ihrem Glück noch nichts ahnt. Er tut harmlos, indem er vorgibt, ihr etwas ins Ohr flüstern zu wollen. Rasch gibt er ihr einen Kuss auf die Stirn, damit sie den »Braten« nicht riecht und vorzeitig zurückschreckt. Ist ihm der Dachkuss gelungen, ist er erlöst.

Kapuzinerkuss

Dame und Herr knien Rücken an Rücken. Sodann wendet der Herr seinen Kopf nach rechts und die Dame ihren nach links zum Kuss. Die Rücken der beiden dürfen dabei unter keinen Umständen den Kontakt verlieren.

Lösegeld: Kuss auf den Busen

Angeblich soll es im 18. Jahrhundert ein außerordentlich pikantes und beliebtes Kussspiel gegeben haben: Der Busenkuss. Die Regeln des Spiels sind leider nicht bekannt, aber dass der Herr die Dame auf den Busen küssen durfte, sobald er gewonnen hatte, ist verbürgt.

ERDBEERKUSS

Rezept für eine verführerische Süßspeise

Zutaten für 4 Personen:
3 Eiweiß
130 Gramm Puderzucker
100 Gramm Zucker
1 Prise Salz
750 Gramm Erdbeeren
Saft einer Zitrone
Etwas Grand Marnier

Kleine Prise schwarzer Pfeffer
frische Minze
Vanilleeis

Das Eiweiß zu sehr steifen Eischnee schlagen. Dabei nach und nach das Gemisch von Puderzucker, Zucker und Salz untermengen. Man muss sehr behutsam vorgehen! Nicht einfach alles plump auf einmal einstreuen, sondern ein Teelöffel Zucker, dann eine Minute schlagen usw. bis der Zucker aufgebraucht ist. Geduld ist also erforderlich.

Sodann die Masse in einen Spritzbeutel geben und acht schöne gleichmäßig große Schnecken (ca. 10 cm) auf ein mit Backpapier ausgelegtes Blech spritzen. Nun das Ganze in einen vorgeheizten Ofen geben. Die Temperatur auf 100 Grad einstellen, die Tür halb geöffnet lassen und einen Wecker fünf Stunden später klingeln lassen. Beim Umluftherd braucht man nicht vorzuheizen, und die Temperatur kann niedriger ausfallen.

Ca. 45 Minuten vor Fertigstellung der leckeren Speise die Erdbeeren säubern und natürlich die Stiele entfernen. ⅓ der Früchte mit etwas Zucker, der Hälfte des Zitronensaftes und der Prise Pfeffer pürieren und durch ein Sieb streichen. Die restlichen Erdbeeren vierteln mit etwas Zucker, Grand Marnier und dem restlichen Zitronensaft sanft verrühren und zugleich das Erdbeerpüree unterziehen. Alles kurz ziehen lassen.

Jetzt kommt der beste Teil, die Fertigstellung. Dazu in die Mitte der Teller einen Klacks Vanilleeis geben, womit das Baiser (französisch Kuss und in diesem Fall Schaumgebäck) festgeklebt wird. Rundherum die Erdbeermasse geben und zur Dekoration ein paar frische Minzeblätter anordnen. Wer mag, kann den Tellerrand mit Puderzucker bestreuen. Fertig.

Bemerkenswertes aus der Kusswelt

Königlicher Kuss gegen das Protokoll

Nur aus Liebe hat die englische Königin Elisabeth II. gegen das strenge und seit Jahrhunderten gepflegte Krönungszeremoniell verstoßen. Sie küsste bei ihrer Krönung im Jahre 1953 ihren Mann Philip, was das Protokoll nicht vorsieht. Zwar muss ihr Mann sie, sie aber keineswegs ihren Mann küssen. Entsprechend soll Elisabeth II. denn auch gesagt haben: »Ich habe es nur für ihn getan.«

Zum Schmunzeln

Auf die Frage, was schlimmer sei: Ein Jahr ohne Sex oder ein Jahr ohne Küssen, antwortete eine 27-Jährige mit einem glasklaren Argument: »Das Jahr ohne Küssen! Denn selber küssen kann ich mich schließlich nicht.«

Kussexperiment

Anfang des neunzehnten Jahrhunderts spielte die Hygiene in den Vereinigten Staaten eine enorme Rolle. Und so wollte man auch wissen, was beim Küssen bakteriell so alles passiert. Kurzerhand wurden zwei Männer beauftragt, ein junges Mädchen zart auf die Wange zu küssen. Der eine war rasiert, der andere war ein Schnurrbartträger.

Nachdem beide Herren ihren charmanten Auftrag ausgeführt hatten, wurden die bakteriellen Abdrücke auf der Haut der jungen Dame abgetragen und in ein steriles Glasröhrchen gegeben. Vier Tage später kam es zu folgendem Befund: Das Röhrchen des rasierten jungen Mannes enthielt »eine Anzahl von mehr oder weniger harmlosen Keimen und Bakterien. Das Röhrchen des Schnurrbartträgers dagegen wies nur gefährliche Bakterien auf. Krankheitserreger von Tuberkulose, Diphtherie, diverse Fäulniserreger und sogar ein Stück eines Spinnenbeins. Die Ergebnisse des Experiments waren so alarmierend, dass niemand es wagte, die Geküsste darüber zu informieren.«

Lösegeld für einen Kuss

Ein Apotheker küsste 1979 in der brasilianischen Stadt Sao Geraldo eine Kundin. Das hatte für den 59-Jährigen ungeahnte Folgen, denn er wurde von dem Vater der jungen Frau überfallen und entführt. Für seine Freilassung forderte er vom Küsser einen Scheck in Höhe von umgerechnet 5000 Euro. Diese Summe schien dem besorgten Vater angemessen, um sein verlobtes Töchterchen von dem Kuss »reinzuwaschen«. Der Täter stimmte dem Deal zu und wurde freigelassen. Dann allerdings ließ er den Scheck sperren und alarmierte die Polizei.

Küssender Bürgermeister

Da die Welt immer unpersönlicher wird, küsste der Bürgermeister einer 15 000-Seelen-Gemeinde (Kruibeke bei Antwerpen) ein Jahr lang jeden Einwohner, der ihm begegnete. Das geschah im Jahr 2000. Er wollte damit mehr Mitmenschlichkeit und Wärme in seine Umgebung bringen.

Küsse unter dem Mistelzweig

Gab sich ein verliebtes Paar in der Vergangenheit unter einem Mistelzweig einen Kuss, so galt dieser Kuss zugleich als Heiratsversprechen. In Frankreich küsste man sich dem Brauch entsprechend nur am Neujahrstag unter dem Mistelzweig. Und in England pflückten Verliebte die weißen Beeren vom Zweig. Der Grund: Jede Beere ein Kuss!

Erheiterndes aus dem Jahre 1792

»Zwei Preußische muthige Soldaten traten im feindlichen Lande in eines Pächters Haus. Sie trafen im Zimmer eine alte Großmutter im Lehnstuhle und bey ihr zwey muntere Mädchen an. ›Bruder! – sagte der eine Soldat zu dem andern, – frisch! laß uns die Mädchen beym Kopf fassen und herzhaft abküssen!‹ ›Gott! – sagten die Mädchen, – ihr lieben Herren! wir wollen uns gerne küssen lassen, nur verschonen Sie unsere alte Grosmutter.‹ ›Pimperlimpim! – rief die Grosmutter hervor, – ihr naseweisen Mädchen! was geht euch denn das an? Wenn nun die Herren die Ordre dazu haben?‹« (Erzählt von Adolph Heinrich Meltzer)

Freiküssen

In Bremen müssen Männer, die an ihrem dreißigsten Geburtstag noch nicht verheiratet sind, an ebendiesem Tag die Domtreppen fegen. Ausgestattet mit Frack und Zylinder müssen sie an ihrem Ehrentag den Besen so lange schwingen, bis sie von einer *echten* Jungfrau freigeküsst werden. Zumeist handelt es sich dabei um ein kleines Mädchen. Das traditionelle Spektakel, das zuvor in der Tageszeitung bekannt gegeben wurde, wird von Leierkastenmusik begleitet. Und eingefundene Zaungäste werden mit einem »guten Schluck« bewirtet.

Frauen haben es etwas leichter. Sie müssen nicht unbedingt von einem »unberührten« Jüngling freigeküsst werden. Ein junger Mann reicht durchaus aus. Anstatt zu fegen, obliegt es ihnen, die Klinken der Domtüren zu putzen.

Billig reisen durch einen Kuss

Für Verliebte hatte die Regionalbahn in Schleswig-Holstein im Februar 1998 ein besonderes Angebot. Sie konnten mit dem »Flirtticket« zwischen Flensburg und Pinneberg zum halben Preis fahren. Allerdings unter einer Voraussetzung: Schon beim Fahrkartenkauf musste sich das Paar »sichtbar auf den Mund küssen« und auch im Zug herrschte bei Kontrolle »Kusspflicht«.

Stadtplan mit Kussverzeichnis

Carlo Fruttero und Franco Lucentini kommen in dem Roman *Der Liebhaber ohne festen Wohnsitz* auf eine ganz entzückende Idee. Sie schlagen einen ausgefallenen Stadtplan für Venedig vor, *A Kissing Map of Venice.* Dieser sollte besonders geeignete Plätze zum Küssen ausweisen, die mit einem, zwei oder drei Sternen gekennzeichnet wären, je nach Reiz der Stellen. Auf verschiedenen Stadtrundgängen könnten sich dann Verliebte und Kussfreudige dem Küssen hingeben.

Recht auf einen Kuss

Einst hat es ein »Recht zum Kuss« gegeben, das *ius osculi.* Es regelte, wer wen innerhalb einer Familie küssen durfte. Ein Fremder durfte etwa nur dann Küsse innerhalb der Familie austeilen, wenn er sich mit einem der Familienmitglieder verlobt hatte. Nach römischem Recht beschränkte sich das Kussrecht auf die Eltern, deren Kinder sowie die Schwägerschaft bis zu den Geschwisterkindern.

KUSSREKORDE, DIE NICHT SO LEICHT ZU BRECHEN SIND

Kusskonzert

Vor mehr als einem Dutzend Jahren wurde ein regelrechtes Kusskonzert aufgeführt. Dreihundert Freiwillige stellten sich auf eine Bühne in Paris und küssten zehn Minuten lang nach dem Takt des Dirigentenstabes.

Dauerkuss

Der längste durchgehende Kuss der Welt dauerte 29 Stunden. Geküsst wurde er 1998 in den USA von dem Ehepaar Mark und Roberta Griswold. Nur ein Jahr später übertraf sie ein Paar aus Israel. Dror Orpaz und Carmit Tsubara hingen dreißig Stunden und 45 Minuten mit den Lippen aneinander.

Längster Unterwasserkuss

Zwei Stunden und achtzehn Minuten küssten sich Toshiaki Shiral und Yukiko Nagata unter Wasser. Das war am 2. April 1980.

Küsse in Windeseile

Der Moderator Jan Weyrauch küsste am 21. Mai 1997 in der Berliner Waldbühne 81 Frauen. Das Phänomenale: Er tat es in 72 Sekunden. Ein Zungenkuss soll auch dabei gewesen sein.

Übertroffen wurde er im selben Jahr von Martina Fichte. Sie drückte in Herbolzheim immerhin 5001 Personen (Frauen, Männern und Kindern) einen Kuss auf. Allerdings war Frau Fichte nicht ganz so rasch. Sie benötigte fünf Stunden für 5001 Küsse. Das macht 3,6 Sekunden für einen Kuss.

Mit höherer Geschwindigkeit, nämlich mit 2,7 Sekunden pro Kuss, ging zwei Jahre zuvor Alfred Wolfram in New Brighton vor. Beim Minnesota Renaissance Festival küsste er acht Stunden lang. Damit kam er auf unglaubliche 10 504 Lippenberührungen.

Weltrekord im Simultanküssen

Spanien hält mit 2160 Küssen, die von ebenso vielen Paaren gleichzeitig ausgeführt wurden, den Rekord im Simultanküssen. Mit Startnummern auf dem Rücken hatten sich die Pärchen nach einem Aufruf in einer kleinen katalanischen Stadt eingefunden. Damit waren sie mit Erfolg gegen ihre Landsleute aus der Hauptstadt Madrid angetreten, die bis dato den Rekord mit 1600 Paaren innehatten.

Vergeblich versuchte bereits 1999 eine oberbayerische Kleinstadt, die Spanier von ihrem Kussthron zu stoßen. Warum? Es hatten sich ganz einfach zu wenig Paare eingefunden.

Massenküsserei

Mehr als 4000 Paare haben sich Anfang 2004 in Chiles Hauptstadt Santiago vor dem *Museum der schönen Künste* geküsst. Ein Werbegag, den sich ein Zahnpastahersteller ausgedacht hatte. Anwesend bei der Aktion war ein Notar, damit für den Eintrag ins Guinnessbuch der Rekorde alles seine Richtigkeit hat.

Kusswettbewerb mit Pausen

1998 küsste sich ein Paar sage und schreibe 62 Tage, acht Stunden und fünfzehn Minuten. Ohne Pausen wäre das natürlich nicht machbar gewesen. Doch immerhin kamen die nimmersatten Küsser am Ende auf 833 Stunden, was etwas mehr als 34 ½ Tagen entspricht.

Längste Kussaktion

Von April 1992 bis August 1993 währte die längste Kussaktion. Männer, Frauen und Kinder bemalten sich ihre Lippen und gaben ihren Kuss auf ein breites Leinentuch. Jeder Kuss war eine Spende, und so brachten 5505 Kussabdrücke ein Spendengeld von 10 000 DM für einen guten Zweck.

Küsse aus dem Reich des Aberglaubens

Glück durch einen Kuss

Ein Schornsteinfeger hat Glück, wenn er die Braut eines andern beim Verlassen der Kirche küsst. Das jedenfalls glaubt man in England.

Teuflische Küsse

Wöchnerinnen sollten nicht barfuß gehen, weil sonst der Teufel die Fußspuren küsst. Und dann gewinnt er Macht über sie.

Glück durch Kaffeeschaum

Schwimmt auf einer Kaffeetasse Schaum, so wird man in der nächsten Stunde geküsst.

Zeichen für einen baldigen Kuss

Brennende Lippen bedeuten, dass man bald jemanden küssen wird.

Küsse gegen Hautkrankheit

Haben Kinder Krätze oder Ausschlag, so sollten sie von einer Jungfrau geküsst werden. Anschließend verschwindet das Übel.

Küsse gegen das Geifern

Die Syrer glauben, so heißt es 1903 bei Bernhard Stern in seinem Buch *Medizin, Aberglaube und Geschlechtsleben in der Türkei,* dass es gut sei, ein geiferndes Kind von einem »Neger« küssen zu lassen. Denn dieser Kuss könnte es heilen.

Man küsst im Norden, küsst im Süden,
doch wie man küsst ist grundverschieden.
Der eine heiß, der and're kalt,
der eine spät, der and're bald.
Der eine haucht, der and're schmatzt,
wie wenn ein Autoreifen platzt.
Hinwiederum der Keusche,
vermeidet jegliche Geräusche.

Und dann ist noch verschieden auch,
des Kusses Länge und Gebrauch.
Der eine kurz, der and're länger,
den längsten nennt man Dauerbrenner.
Anonymus

Spezial

Der ideale Kussmund

Rote Lippen soll man küssen,
denn zum Küssen sind sie da!
Rote Lippen sind dem siebten Himmel ja so nah!
Ich habe dich gesehen, und ich habe mir gedacht:
So rote Lippen soll man küssen Tag und Nacht.
Schlager, gesungen von Cliff Richards 1962

»Nicht jeder Mund ist zum recht fühlbaren Kuss gemacht«, behauptet ein Kussforscher des achtzehnten Jahrhunderts. Hätten die Lippen aber die gehörige »Vollheit« und Weichheit, könne man auf ihnen gefühlsmäßig sozusagen »musizieren«.

Und was ist mit kleinen und schmalen Mündern? Kann man auf ihnen nicht musizieren? Sind sie chancenlos, weil bei ihnen kein Kuss lohnt? Was war beispielsweise mit den Filmpartnerinnen von James Bond alias Sean Connery? Waren sie am Filmset unbeeindruckt von den schmachtenden Küssen des 007-Agenten? Und Yoko Ono, die Ehefrau von John Lennon? Ließen sie die Lippenberührungen des großen Beatle kalt? Und erst Marlene Dietrich, die sich lebenslang einen Kuss von Jean Gabin erträumt hatte? Wäre sie von ihrer großen Liebe enttäuscht gewesen? Schließlich: Was fühlten Frauenlippen, die von Robbie Williams oder Michael Caine geküsst wurden? Ganz zu schweigen von Oscar Werner, Gérard Depardieu und Loriot alias Vicco von Bülow.

Die Münder dieser Herren waren oder sind allesamt nicht »recht fühlbar gemacht«. Wohingegen die wohlgeformten Lippen eines Elvis Presley, Burt Lancaster und Johann Wolfgang von Goethe keinen Wunsch offen ließen. Erst recht jene Männermünder, die Frauenherzen höher schlagen lassen oder Frauen doch wenigstens ein verzücktes Hmmmm entlocken, sofern von ihnen gesprochen wird: die Münder von Brad Pitt und Pierce Brosnan oder von Paul Newman.

Freilich gibt es auch Männer, die ihrer Phantasie freien Lauf lassen, wenn ihnen verführerische weibliche Münder einen Kuss oder noch größere Intimitäten versprechen. Küssende Frauenlippen sind allgegenwärtig. Auf Plakaten hauchen sie dem Betrachter Küsse entgegen. Auf Titelblättern schürzen sich Frauenmünder derart hingebungsvoll, dass man glauben könnte, sie sprächen die Worte: »Küss mich …!« Und in Werbespots küssen, lutschen oder essen sie so leidenschaftlich sinnlich, dass es einem die Sprache verschlägt. Da möchte man zur Pizza, zur Eiscreme oder zum Männerpopo werden.

Die Lippen von Brigitte Bardot, Sophia Loren oder Kim Basinger kommen einem in den Sinn, wenn es um schöne und verführerische Frauenmünder geht. Auch die von Emmanuelle Béart oder Juliette Binoche. Voll, rot und mit perfekter Kontur scheinen sie die geeigneten, idealen Kussmünder zu sein.

Unspektakulär dagegen die kleinen Münder von Holly Hunter, Judy Foster oder auch Nicole Kidman. Und erst der Mund der Mona Lisa. Er lächelt unergründlich, fesselnd und tiefgründig. Seine Form und Größe sind eher nichts sagend, bescheiden, schlicht und irgendwie geschlechtslos. Keine Spur von Sinnlichkeit. Man ist versucht zu fragen: »Haben diese Lippen jemals geküsst?«

Ähnlich geschlechtsneutral wirken auch die Münder, die Maler und Bildhauer Maria, der Mutter Jesu, zugedachten. Sie sind blassrosa, klein, zierlich, bescheiden, andächtig und jungfräulich. Offenbar können wir uns Maria – aber auch alle anderen Heiligen – nicht mit vollen, verführerischen und dunkelroten Lippen vorstellen. Heilige haben keine wollüstigen Lippen. Nur die von Menschenhand geschaffenen Engel haben wunderschöne Münder. Keine wirklich sinnlichen, aber wunderschön und ebenmäßig geformte. So richtig zum Küssen gemacht, wenn man es sich recht überlegt. Aber Engel kann man halt nicht küssen. Auch ihre kleinen Vertreter nicht, die Putten, die stets kleine Schmollmünder wie Kinder haben.

Sind volle Lippen wirklich ein Garant für einen guten Kuss? Zugegeben, ein schmaler Mund, dessen Lippen kaum zu sehen sind, wirkt nicht gerade anziehend. Wenn ein solcher Mund eines Mannes am Lippenrand noch Stoppeln aufweist, macht das Küssen wahrlich kein Vergnügen.

Dennoch sind Frauen und Männer nicht unbedingt enttäuscht, wenn sie von schmalen Lippen geküsst werden. Offensichtlich kommt es auch auf das *Wie* an. Jedenfalls äußerte eine junge Frau in einem Interview völlig überrascht, nachdem sie ihrem eigenen Vorurteil zum Trotz einen schmallippigen Mann geküsst hatte: »Schmale Lippen fand ich immer eher abtörnend – bis ich mal einen Freund mit schmalen Lippen hatte. Der war der beste Küsser von allen.«

So etwas kann also passieren. Wie es auch passieren kann, dass üppige, fleischige Lippen unschön wirken und zu Umschreibungen führen wie: schwammig, aufgeblasen, fischmäulig und quallig.

Der ideale Mund liegt eben genau dazwischen. Nicht zu groß und nicht zu klein, nicht zu aufgeworfen und nicht zu flach. Er sollte eine gut gezeichnete Umrisslinie aufweisen und eine schöne rote Farbe haben.

Ein wohlgebauter Mund,
eine weiche und etwas volle Lippe,
und ein reiner Odem –
ist das ganze Verdienst, das der Körper
um die Lieblichkeit des Kusses hat;
das Übrige ist idealisch …

Gottlob Hebold (geb. 1731)

Form und Farbe der Lippen seien wichtige Gegenstände der Kussphilosophie, betont nicht als Einziger der Hofadvokat und Schriftsteller Friedrich Hempel (1778–1836). Er fügt hinzu: »Ein fein gespaltener Adonis und ein wurstmauliger Satyr, ein schwellender Narcissus-Mund und die vertrockneten Lippen einer lebendigen Mumie, der Carmosin-Sammt eines Ganymeds und das Schinkenroth einer Cyklopenlefze, – welche anziehenden und abstoßenden Pole für unsere Kussmagnete!«

Auch in anderen Kulturen wird für den einen Mund geschwärmt und ein anderer als unschön verworfen. Die Bewohner der Trobriand-Inseln schätzten beispielsweise volle Münder, die sehr gut geschnitten sein mussten. Wohingegen sie vorspringende Lippen unschön fanden, wie auch eingekniffene oder dünne. Wollte ein Trobriand-Mädchen gefallen, dann färbte sie sich die Lippen zudem mit roter Farbe von der Betelnuss.

Winzig kleine rote Frauenmünder bevorzugten hingegen die Männer im alten Japan. Ihnen gefielen nicht nur zierliche Lippen, die regelmäßig ausgeformt waren, sondern von Zeit zu Zeit sollten zwischen ihnen auch Reihen von weißen Zähnen aufblitzen. Die traditionellen Gesellschaftsdamen, die so genannten Geishas, versuchten diesem Ideal mit Schminke nachzukommen. Sie puderten ihre Gesichtshaut weiß, überschminkten zugleich den Mund damit auf Kirschgröße und färbten ihn leuchtend rot ein.

Ein ganz anderes Ideal soll im früheren Reich der Mitte geherrscht haben. Chinesische Männer bevorzugten nämlich Frauenlippen, die Pfirsichblüten oder Pfirsichen glichen. Ein Schönheitsideal, das zum Beispiel der afrikanischen Vorliebe für dunkle, volle und gutgeformte Münder völlig widerspricht. Singhalesen wiederum sollen für Lippen geschwärmt haben, die glänzend und rot wie Korallen waren oder die den »jungen Blätter des Eisenbaums« glichen.

Die Ansichten über einen schönen, begehrenswerten Mund sind also vielfältig und können von Land zu Land sehr verschieden sein. Ferner sind sie auch von Moden und Trends abhängig. Schwärmten die mittelalterlichen Minnesänger noch von einem zarten kleinen Mund, so erobern heutzutage Frauen mit silikonunterspritzten Lippen die Männerherzen. Melanie Griffith, Pamela Anderson, Elisabeth Volkmann, Anouschka Renzi und Meg Ryan, um nur einige zu nennen, sind stolze Besitzerinnen dieser neuen Hollywoodmünder.

Solche Münder haben jene, die einst in Romanen beschrieben wurden, fast vergessen gemacht. Münder, die Rosenknospen glichen, »zart umsäumte« und »fein geschwungene Gebilde«.

Bei manchen Lippenverschönerungen spielen schließlich die Lippen als solche keine Rolle mehr, sondern allein das Schmuckstück zählt. Seine Form, Größe oder Beschaffenheit entscheiden über die Schönheit und den Status des Trägers beziehungsweise der Trägerin. Die Rede ist hier weniger von Piercings, sondern von kleinen oder großen Lippenpflocks sowie von kleinen oder großen Lippenplatten, die durch die Oberlippe oder Unterlippe gesteckt oder eingelegt werden.

Besonders in der Vergangenheit spielten sie bei einigen Völkern Afrikas, des Pazifiks und Südamerikas eine Rolle. Und auch noch heute treffen wir Lippenzierwerk aus Knochen, Holz sowie anderen Tier- oder Pflanzenteilen an. Damit verschönern sich etwa in Südamerika die Zoéindianer und die Suya.

Freilich setzen solcherlei Schmuckstücke eine völlig andere Vorstellung von einem schönen Mund voraus. Darüber hinaus verhindern einige Schmuckstücke den Kuss und erfordern in manchen Fällen sogar ein anderes Sprechen und Verspeisen von Lebensmitteln.

Das erscheint uns merkwürdig, und wir staunen darüber, wie man solche Nachteile in Kauf nehmen kann, nur um dem Schönheitsideal zu genügen. Nun, auch westliche Frauen unterwerfen sich einem ähnlichen Diktat. Eine Frau, die ihren Mund mit Lippenstift geschminkt hat, nimmt Rücksicht darauf. Sie vermeidet das Küssen oder Kauen, Pressen und Ablecken der Lippen, was normalerweise zur üblichen oder natürlichen Betätigung des Mundes dazugehört. Es gibt sogar Frauen, bei denen hält der Lippenstift Stunden, weil sie gelernt haben, mit geschminkten Lippen zu essen und zu trinken.

In Kulturen, die den Mund zum Sinnbild von Erotik und Sinnlichkeit erkoren haben, wird er besonders gerne geschminkt,

Verführerische Lippen

Die Lippen einer Frau
sind das schönste Tor zu ihrer Seele.
Chinesisches Sprichwort

Dein Mund sei gesegnet …
Er schmeckt nach frischen Rosen.
Rémy de Gourmont (1858–1915),
französischer Schriftsteller

Nie will ich's wagen einen
Kuss euch aufzudrücken, Lippen!
auf denen die Geister des Himmels schweben.
Goethes Werther über Lottes Mund

Die Lippen des Weibes
»sind wie die Wellen des Sees,
sie locken, sie kosen – und betören –
und das Ende ist die Vernichtung«.
Leopold Ritter von Sacher-Masoch (1836–1895),
österreichischer Schriftsteller

also mit Lippenstift bemalt. Vorbei scheint die Zeit, in der man philosophierte, der Mund sei zum Essen, Trinken und Sprechen gemacht und würde allein durch das Lachen und Küssen vervollkommnet.

Abertausende Frauen schminken sich täglich die Lippen,

Zigtausende haben sich den Mund operativ verschönern lassen. Nicht etwa, um besser küssen zu können. Nein, sie wollen schöner, attraktiver und begehrenswerter aussehen und das männliche Geschlecht auf sich aufmerksam machen.

Da stellt sich natürlich die Frage, weshalb nur die Frauen und nicht die Männer? Der britische Ethnologe Desmond Morris fragte nicht nach der Funktion des Lippenstiftes, aber immerhin war er fest davon überzeugt, dass die weiblichen Lippen eine besondere Aufgabe haben. Unter anderem die, ein Signal zu sein, genauer noch: ein Sexualsignal. Vormals, so der Forscher, hätten die »hochroten Labien« (Schamlippen) diese Rolle innegehabt. Doch als sich der Mensch aufrichtete, haben sich die Signale von unten nach oben verlagert. Die Lippen sind sozusagen die Kopien der Schamlippen.

Dass das nur für die Hälfte der Menschheit zutrifft, wissen wir alle, und auch, dass männliche Lippen nicht minder ausgeprägt sind, wenngleich Mannsbilder keine Schamlippen besitzen. Wir fegen diese These folglich schleunigst vom Tisch.

Aber etwas anderes könnte zutreffen: In unserer Kultur unterstreichen Frauen gerne ihre sinnlichen Reize, und zwar schon immer in viel ausgeprägterem Maße, als es Männer tun. Männer wiederum lassen sich ungemein gerne anlocken – und eben auch von angemalten roten Lippen.

Es mag auch sein, dass das eine für das andere genommen wird und deshalb der Mund eine besondere Signalwirkung besitzt. Konkret gesprochen: Es kann durchaus Männer geben, die mit gutem Grund den weiblichen Mund sehen und an das weibliche Geschlechtsteil denken. Jedenfalls befinden sie sich damit in einer langen Tradition. Manch einer sieht auch das Umgekehrte.

In der griechischen Folklore findet sich etwa das Schreckensbild der »gezahnten Vagina«. Und auch die Römer sollen sich vor einer solchen Scheide gefürchtet haben, die dem Mann den Penis abbeißt.

Wie dem auch sei. Ähnlichkeit hin, Ähnlichkeit her. Sicher ist, dass beide Areale – der Mund und die Vulva – höchst sensibel und reichlich durchblutet sind. Sicher ist auch, dass manche ganz vernarrt in den Mund ihrer oder ihres Liebsten sind. Nicht selten beobachtet man zum Beispiel Verliebte, die sich miteinander unterhalten und einander auf ganz besondere Weise auf die Lippen starren. Sie können ihren Blick kaum abwenden. In manchen Fällen kann deshalb getrost von Mundbesessenheit gesprochen werden.

1932 behauptete Rudolf Lothar sogar, dass sich der Mundfetischismus mit größerer oder geringerer Intensität bei jedem Liebespaar einstelle. Als logische Folge der Genüsse, die einem der Mund des Partners einflöße. Ja, die größte Zahl aller küssenden und liebenden Menschen seien bewusst oder unbewusst Mundfetischisten.

Er fügt hinzu: »Vulgär ausgedrückt, man verliebt sich in den Mund des Partners, und schon der Anblick des Mundes erregt Gefühle, die bis zur Tumeszenz gehen.« Mit anderen Worten, der Mund des geliebten Wesens kann einen ganz verrückt machen und sexuelle Gefühle anstacheln.

Kein Wunder also, dass Frauen den Mund betonen, indem sie ihn geschickt mit Konturenstift optisch vergrößern und mit Rottönen unterstreichen. Was übrigens nicht immer nur eine Sache des weiblichen Geschlechts gewesen war. Im Barock taten es Männer den Frauen gleich, griffen ebenso gern in den Schminktopf und röteten sich die Lippen zu jeder Tageszeit.

Die künstlich geröteten Lippen fielen durch die weiß gepuderten Gesichter und Perücken um ein Vielfaches mehr ins Auge. Sowohl die Röte des Mundes als auch die weiße Haut sollten die Vornehmheit und Schönheit der barocken Herrschaft in doppelter Weise unterstreichen.

Zu jener Zeit war dieses Privileg freilich nur dem Adel nebst dem besseren Bürgertum vorbehalten. Die Bäckersfrau, die Küchenmagd oder der Kutscher hätten sich die teuren Schminkutensilien niemals leisten können.

Schminke, und damit der Lippenstift, wurden jedoch nicht im Barock erfunden. Zu allen Zeiten und bei vielen Völkern ist diese Art der Verschönerung bekannt. Schon Königin Kleopatra ließ sich von ihrer Dienerschaft zurechtmachen. Die Schönheit ihrer Lippen wurde mit einer fetthaltigen Paste, die gelbrotes Eisenerz enthielt, unterstrichen.

Noch war der Lippenstift nicht erfunden, der sollte in seiner heutigen Form erst Mitte des zwanzigsten Jahrhunderts auf den Markt kommen. Allerdings präsentierte sich ein Vorläufer bereits zur Weltausstellung im Jahre 1883. Ein Stift, der noch in feines Wachspapier eingerollt werden musste.

Ob Joséphine, die Gemahlin Napoleons, diesen Vorläufer des Lippenstiftes gebrauchte, wissen wir nicht. Überliefert ist dagegen, dass die Kreolin viel für ihre Schönheit tat und ausgab. Allein für Lippenrot beliefen sich die Rechnungen nach heutigen Verhältnissen auf sage und schreibe 12 780 Euro pro Jahr.

Heutzutage sind Lippenstifte für jede Frau erschwinglich. Jung und alt, reich und arm machen von dem Zauberstift des Mundes Gebrauch, den es mittlerweile in unzähligen Farben gibt. Doch ob glänzend oder matt, rosa oder lila, die rote Farbe ist unschlagbar. Rund 36 Millionen Exemplare werden jährlich in Deutschland verkauft.

Ja, der kleine Stift hat es wahrlich in sich. Mit seiner Hilfe können Frauenmünder erotischer wirken und ein sinnliches Versprechen abgeben. Nur deshalb hat man ihn beispielsweise in Rotchina verbannt und in Nazideutschland deklassiert. Der Lippenstift ist eben ein »verruchtes« Ding, der aber seinen schlechten Ruf verloren hat und nicht mehr nur von Prostituierten und Schauspielerinnen benutzt werden darf.

Schließlich bleibt die Frage: Von welchem Mund möchten Sie am liebsten geküsst werden?

Der Mund ist genauso individuell wie ein Fingerabdruck. Allein am Mund kann deshalb eine Person wiedererkannt werden, auch und gerade am Mundabdruck. Routinemäßig wird zu erkennungsdienstlichen Zwecken dennoch kein Abdruck von ihm genommen. Allerdings kann er bei kriminaltechnischen Ermittlungen eine erhebliche Rolle spielen.

Durch Lippenstiftabdrücke an Zigarettenstummeln und Trinkgläsern wurde schon so manches Verbrechen aufgeklärt. Selbst ohne Lippenstift ist der Fall gelöst, sofern etwa der Mundabdruck auf dem geküssten Foto mit dem Verdächtigen identisch ist und das Foto zu einem zentralen Indiz wurde.

Neben den Augen und der Nase bestimmen die Lippen ganz entscheidend den Gesichtsausdruck und den Eindruck, den man von einem Menschen gewinnt. Zuweilen können markante Merkmale des Mundes sogar das gesamte Gesicht einer Person dominieren. Wenn etwa die Ecken eines Mundes extrem nach unten gerichtet sind oder die Größe einer Oberlippe, weit hinter der der Unterlippe zurücksteht.

Unterbewusst registrieren wir die Besonderheiten eines Mundes zumeist recht gut, auch die eines unauffälligen. Deshalb können wir, wenn wir nur den Mund eines Familienmitglieds, Verwandten oder Bekannten auf einem Foto sehen, ihn auf Anhieb zuordnen. Das gelingt vielen auch bei Prominenten. Besonders natürlich dann, wenn wir der bekannten Person häufig auf den Mund geschaut haben, wie beispielsweise einer Tagesschausprecherin oder dem Bundeskanzler.

Teilweise sind wir sogar irritiert, wenn sich ein uns »vertrauter« Mund durch eine Schönheitsoperation verändert hat. Uns ergeht es dann ähnlich wie zuweilen bei einem Bekannten, der seinen lang getragenen Schnauzbart abgenommen hat, oder bei einer Freundin, die plötzlich mit einer anderen Haarfarbe oder neuen Frisur daherkommt. Wir können nicht genau sagen, was sich verändert hat, aber wir sind uns absolut sicher, dass etwas anders ist.

Wie viele Küsse kennen Sie

Seid umschlungen, Millionen!
Diesen Kuss der ganzen Welt!
Friedrich Schiller (1759–1805),
An die Freude

Es gab einmal einen Henkelkuss, der auch Topfkuss genannt wurde. Statt sich zu umarmen, fasste sich das küssende Paar an beide Ohren. Gefühlvoll versteht sich. Eine Variante dieses Kusses war der Florentiner-Kuss. Hierbei hielten sich die Liebenden lediglich an den Ohrläppchen, um sich sogleich unentwegt zu küssen.

Von ganz anderer Wesensart war der Pantoffelkuss. Er wurde Männern angedichtet, die einen schwächlichen Ehemann oder einen hörigen Liebhaber abgaben. Weshalb es im neunzehnten Jahrhundert etwa hieß: »Welch niedliches Pantöffelchen! ich möcht' es küssen! – heirathe nur, so wirst du's müssen!«

Möglicherweise kommt die Bezeichnung Pantoffelkuss ursprünglich aus dem Orient. Da gehörten bekanntlich Pantoffeln zum normalen Schuhwerk, und besonders prunkvolle wurden von Vornehmen sowie Herrschern getragen. Kam es dann zur Ehrbezeugung, so sollen Untergebene schon einmal den Schuh, also den Pantoffel, des Scheichs oder Königs geküsst haben. Gleiches taten Personen, die um Gnade oder Vergebung baten.

Eine ähnliche Bedeutung hat der Ringkuss, der in unserem Kulturkreis früher den Machthabern, Königen und Fürsten galt. Wurde der Ring geküsst, bezeugte man dem Ringbesitzer Anerkennung, Ehrerbietung und auch Unterwerfung. Noch heute küssen zum Beispiel Kardinäle den Ring des Papstes.

Wohingegen der Papst den Bischöfen, Priestern und Diakonen einen Begrüßungskuss auf die Stirn gibt. Damit huldigt er stumm Gottes Majestät, etwa am Karfreitag. Papst Johannes Paul II. hat zudem einen Kuss wieder populär gemacht, der als Erdenkuss bezeichnet wird. Sobald der reisefreudige Pontifex ein neues Land betrat, kniete er nieder, um den Boden zu küssen.

Es handelt sich dabei um ein Kusszeremoniell mit langer Tradition, das den Christen schon seit Jahrtausenden vertraut ist. Nach einer Überlieferung soll der Römer Lucius Junius Brutus durch diese spontane Geste sogar zum Befehlshaber aufgestiegen sein. Einem Orakel zufolge sollte nämlich »derjenige von euch Oberhaupt der Stadt sein, der vor allen anderen seine Mutter wird geküsst haben«. Nun, Brutus legte sich auf »Mutter« Erde und küsste den Boden. Mit Staunen wurde die aufsehenerregende Handlung wahrgenommen und belohnt.

Erdenküsse kennt man auch in der griechischen Mythologie. So küsste Odysseus die Erde. Froh, endlich wieder seine Insel Ithaka erreicht zu haben, beugte er sich nieder und berührte mit seinen Lippen das fruchtbare Erdreich. Agamemnon, der Führer gegen Troja, tat es ihm gleich. Endlich sah er sein Vaterland wieder und aus Dankbarkeit und vor Glück sank er in die Knie.

Von ganz anderer Natur als der Kuss des Erdbodens ist der Weihekuss, wie ihn etwa der Papst dem Kaiser nach der Salbung gab. Er kommt einer Segnung und Bestätigung der neu eingenommenen Stellung gleich. Ähnliches gilt für den Doktorkuss, den die frischgebackenen Promovierten vom Dekan erhielten. Damit waren sie in den erlauchten Kreis der »höheren Akademiker« aufgenommen. Diesen Brauch gibt es leider nicht mehr, und somit müssen diejenigen, die gerade ihren Doktor gemacht haben, sich heute mit einer Gratulation und einer Urkunde begnügen.

Eine Art Huldigungskuss war auch der im antiken Griechenland übliche Luftkuss, der den Göttern zugeworfen wurde, sofern man sich ihnen näherte. Unterblieb diese Geste, rief das Unbill hervor. Ähnlich als würde man heutzutage einer geachteten Person den Respekt verweigern.

Freilich küssen die Griechen ihre in Stein gehauenen Götter schon lange nicht mehr mit einem Luftkuss. Auch sind ihnen die Küsse auf Haupt und Schultern fremd geworden. Jene Küsse also, die Odysseus' Sohn Telemach ganz natürlich von den Seinen erhielt, als er von einer langen Reise heimkehrte.

Vergessen sind auch Handküsse, die man gab, um etwas zu erbitten. Dafür gibt es einen speziellen Handkuss, der noch immer bei den Muslimen ausgeübt wird, beispielsweise beim sogenannten Zuckerfest, also dem Fest nach dem Fastenmonat. Es handelt sich um einen Begrüßungskuss oder um einen Kuss, der als Zeichen der Dankbarkeit gegeben wird. Entweder den Eltern oder Personen, die älter sind als man selbst und zu denen man ein enges (verwandtschaftliches) Verhältnis hat.

Der Handkuss wird dabei folgendermaßen ausgeführt: Zunächst wird der Handrücken etwa des Vaters geküsst, dann wird der geküsste Handrücken zur Berührung an die eigene Stirn geführt, wobei der Oberkörper automatisch in eine vorgebeugte Position gerät. Nach diesem Kuss werden dann meistens noch Wangenküsse ausgetauscht.

Wenngleich dieser Handkuss unter anderem zum Zuckerfest

geküsst wird, hat er doch nichts mit dem Zuckerkuss als solchem zu tun. Jedenfalls liegt die wirkliche Bedeutung des Zuckerkusses im Dunkel der Geschichte. Wie auch die Geschichte des Geisterkusses verschollen ist. Es kann nur spekuliert werden, ob er von Geistern gegeben oder ob er den Geistern geschenkt wurde, damit sie einen des Nachts in Ruhe ließen.

Viele Küsse sind im Laufe der Zeit von der Bildfläche des gesellschaftlichen Miteinanders verschwunden. Entweder weil sie ihren kulturellen Sinn und Zweck verloren haben oder weil sie eine Laune der Mode gewesen sind. Allein ihre merkwürdigen und bizarren Namen haben in alten Büchern weiterhin Bestand. Bisweilen jedoch taucht durch Zufall oder bei einer akribischen Recherche der Sinn und Zweck eines Kusses wieder auf – wie etwa der vom elektrischen Kuss.

Er galt Mitte des achtzehnten Jahrhunderts als schick, zumindest in der besseren Gesellschaft. Nur die konnte sich nämlich diesen extravaganten Kuss zur puren Unterhaltung leisten. Denn neben einer kusswilligen Dame bedurfte es einer so genannten »Elektrisiermaschine«.

Hatte man beides zusammen, wurde die Maschine samt »hübscher Frauensperson« zum Empfang der ankommenden Gäste »installiert«. Dazu stellte sich die kussbereite Empfangsdame auf einen Isolierschemel und wurde mit Hilfe eines versteckten Drahtes mit der Elektrisiermaschine verbunden.

Nun konnten die Gäste kommen, und der Spaß begann. Es passierte das Unglaubliche und Unfassbare für denjenigen, der die Dame küsste. Umgehend bekam er einen kleinen elektrischen Schlag. Verdattert schreckte der Kusslustige zurück und probierte es nur ungern ein zweites Mal, was wohl eifersüchtige Ehefrauen nur begrüßten.

Quasi erfunden hatte den elektrischen Kuss Georg Matthias Bose, ein Naturforscher. Er wollte mit seinem Gerät eigentlich demonstrieren, dass man alles Mögliche elektrisch aufladen kann, eben auch Menschen und schließlich Küsse. Dass sein geladener Kuss zum Hit werden und Männer wie Frauen aufs köstlichste amüsieren würde, damit hatte er wohl nicht gerechnet. Ob freilich die Elektrisiermaschine diesbezüglich oft zum Einsatz kam, bleibt fraglich. Wie dem auch sei, als Metapher eines starken Gefühls hat der elektrische Kuss vielleicht sogar den einen oder anderen Künstler jener Zeit inspiriert, wie beispielsweise den Berliner Bildhauer Reinhold Begas bei seiner Skulptur »Elektrischer Funke« von 1887.

Eines kann als gesichert gelten, der elektrische Kuss hatte es in sich. Davon zeugt auch ein Gedicht seines Schöpfers, das die Wirkung des elektrischen Kusses eindrucksvoll beschreibt:

»Ein solch bezauberndes, anbetungswürdiges Kind
Wird elektrifiziert, so schnell als wie der Wind
(…)
Ein aussereintzigmahl versucht ich es, und nahm
Der Venus einen Kuss, doch Himmel wie bekam
Mir solcher Frevel-Muth.
Es schien, ein schmetternd Stechen
Verdrehte fast den Mund.
Die Zähne wollten brechen
(…)
So rast ein Zitterschmertz ihm nauf in das Gehirne.
Die Zähne beben fast.
Es schmettert in der Stirne.«

Nicht allen Küssen ist eine derartige Durchschlagskraft zu Eigen. Doch welche Küsse gibt es eigentlich? Wie sind ihre Namen? Hier eine Reihe seriöser Kussarten aus dem Bücherfundus von früher und heute.[2]

Küsse von A bis Z

Abschiedskuss
Achtungskuss
Afterkuss
Altarkuss
Augenkuss
Aussätzigenkuss

Beißkuss
Brautkuss
Bruderkuss
Brustkuss

Dachkuss
Dankeskuss
Dauerkuss
Demutskuss
Doktorkuss
Doppelkuss

Ehrenkuss
Elektrischer Kuss
Engelskuss
Erdenkuss
Erlösungskuss
Erster Kuss
Eskimokuss

Familienkuss
Feuchter Kuss
Filmkuss
Florentiner Kuss
Französischer Kuss
Freundschaftskuss
Friedenskuss
Fußkuss

Gangsterkuss
Geisterkuss
Genitalkuss
Gute-Nacht-Kuss

Handkuss
Harmloser Kuss
Hauptkuss
Henkelkuss

2 Einige Ihnen bisher unbekannte Küsse haben Sie bereits in diesem Buch kennengelernt. Andere werden noch folgen. Doch leider bleiben ein paar unerklärlich.

Hexenkuss
Hochzeitskuss
Höflichkeitskuss
Hundekuss

Inbrunstkuss

Judaskuss

Kapuzinerkuss
Kinderkuss
Kleiderkuss
Kniekuss
Kranichkuss
Kuss der Wollust
Kusshand

Lehenskuss
Leuchterkuss
Liebeskuss
Lippenkuss
Luftkuss

Märchenkuss
Mohrenkuss
Morgenkuss
Mutterkuss

Nackenkuss
Nasenkuss
Nebenkuss
Neckender Kuss
Negerkuss

Öffentlicher Kuss
Ohrenkuss
Oraler Kuss
Ordenskuss
Osterkuss

Pantoffelkuss
Pfänderkuss
Pferdekuss
Pustekuss

Ringkuss

Saugkuss
Saumkuss
Schlangenkuss
Schmatzender Kuss
Schokokuss
Seelenkuss
Segenskuss
Spinnenkuss
Stirnkuss
Süßer Kuss

Teufelskuss
Tiefer Kuss
Todeskuss
Topfkuss
Treuekuss

Überraschungskuss
Unschuldskuss
Unterwasserkuss

Vakuumkuss
Vampirkuss
Verehrungskuss
Verlobungskuss
Vermählungskuss
Verräterischer Kuss
Versöhnungskuss
Verwandtschaftskuss
Virtueller Kuss

Wangenkuss
Weihekuss

Zauberkuss
Zuckerkuss
Zufallskuss
Zungenkuss

Die vielfältigen Kussbezeichnungen machen uns glauben, dass es für jede Kussart einen Namen gibt. Weit gefehlt. Manche Bezeichnungen gelten gleich für mehrere Kussarten. Zum Beispiel ist ein Luftkuss nicht gleich ein Luftkuss. Das eine Mal kann einfach in die Luft geküsst werden, während der Empfänger des Kusses mit den Augen fixiert wird. Das andere Mal wird in die eigene Hand geküsst und dann der imaginäre Kuss dem Empfänger zugepustet.

Ob freilich ein oberflächlicher Mensch, den man zuweilen scherzhaft Luftikus nennt, gerne Luftküsse verschenkt, ist ungeklärt. Auch ob die Bezeichnung Luftikus vormals kreiert wurde, um eine Person zu charakterisieren, die exzessiv Luftküsse verschenkte.

Doch Spaß beiseite. Vielfach fehlt speziell fremdartigen Küssen ein eigener Name. Zum Beispiel pflegen die Barotse in Südafrika einen Kuss, der bei uns völlig unbekannt ist. Sie fassen einander zur Begrüßung an den Händen und küssen sie sehr lange. Es handelt sich folglich um eine Art Handkuss. Jedoch hat er mit dem europäischen Handkuss nichts gemein, den etwa ein Kavalier der Dame gibt.

Ebenso außergewöhnlich ist ein namenloser Kuss, der bei den Beduinen geküsst wird. Es handelt sich ebenfalls um einen Begrüßungskuss, der schnalzend in die Luft geworfen wird, während dem Gast die Hand gereicht wird. Die Bezeichnung Schnalzkuss wäre doch passend, oder?

Freilich bedeutet das Fehlen bestimmter Kussbezeichnungen nicht, dass wir mit dem Kussvokabular am Ende wären. Denn natürlich kann man einen Kuss noch ganz anders nennen, wie beispielsweise Dauerbrenner, Süßen oder Buzzi und Busserl. Wenn es ums Küssen geht, ist außerdem von Schnäbeln und

Knutschen, von Lippenspiel und Mund-zu-Mund-Kontakt die Rede. Früher nannte man einen Kuss auch Mäulgen (Mäulchen), Schmätzgen, Goscherl und Heitzgen. Und wer es heutzutage spröde und überheblich mag, der verwendet für einen heißen Kussvorgang schon einmal Worte wie Bazillenübertragung oder Speichelaustausch.

Im Jahre 1791 unternahm ein Sprachforscher sogar den Versuch, Küsse phonetisch zu unterscheiden. Drei verschieden klingende Kusstypen waren das Ergebnis seiner Überlegungen. Zum einen wäre da der freundschaftliche hell klatschende Herzenskuss. Zum anderen der viel weniger Geräusch verursachende Liebeskuss und schließlich der »ungezogene laut schmatzende ekelhafte Schmatz«.

In den letzten Jahrzehnten werden zudem immer mehr Namen für Küsse erfunden. Besonders die Verfasser von Kussratgebern und Artikeln, die sich mit der Materie befassen, zeigen eine beträchtliche Phantasie. Da gibt es plötzlich Kussarten wie Nuckelflaschenkuss, Rasierkuss, Ferkelkuss, Staubsaugerkuss und Kuss à l'Orange. Schnell verraten diese Bezeichnungen, worum es geht. Selbst Unkundige können sich vorstellen, was zum Beispiel ein Schmetterlingskuss, Eiskuss, Sekt- und Honigkuss sein könnten.

Unbegrenzt scheint die Wortwahl zu sein, wenn es um den Kuss geht. Wie überhaupt die meisten Regionen eigene Begriffe für das Küssen haben. Um 1900 waren derlei sinnverwandte Worte in deutschsprachigen Gebieten freilich viel gebräuchlicher. So sprach man etwa von *possen* oder *pussen,* aber auch von *pîpen.* Hin und wieder gab ein fescher junger Mann seinem Liebchen auch einen *smats,* der war dann etwas lauter. War der Verliebte hingegen feinerer Herkunft, dann wollte er seine Angebetete *snütern.* Eine gröbere Lippenberührung wurde dagegen *slabben, flabben* und *smakken* genannt, und ein besonders derbes Küssen hieß *smatschen.*

Üblich war auch das *afsnûdeln* (abküssen) oder *smukken* (smukhand = Kusshand). Ein äußerst hübscher Begriff war außerdem *Snûtappel,* was liebevoll übersetzt Schnäuzchenapfel heißt. Und die Bezeichnungen *makken, bützen* sowie *flobben* klingen doch auch recht nett. Nicht zu vergessen *musche* für Kuss und *muschen* für küssen.

> Im alten Ägypten hatten die Worte
> Essen und Küssen
> die gleiche Bedeutung.

Aber es geht noch weiter mit dem Küssen. Denn man kann einen Kuss bekommen und geben. Man kann ihn aufdrücken, verschenken, verschicken, abwischen oder zurückgeben. Gar mancher küsst vorbei, und in alten Büchern steht sogar, man könne jemanden abküssen, anküssen, aufküssen, ausküssen, herküssen, zerküssen und zuküssen.

Man kann einen Kuss sogar malen, in Stein hauen oder fotografieren. Küsse werden auch verewigt oder abgewischt und ausradiert. Auch klingen oder schwingen sie nach. Manchmal steht ein Kuss sogar zwischen zwei Personen, löst einen Skandal aus oder erniedrigt beziehungsweise erhöht jemanden.

Ein Kuss ist etwas ganz Phantastisches und doch zugleich ein über alle Maßen »vergängliches Ding«. Er ist harmlos und doch äußerst brisant, sittlich vertretbar und zugleich moralisch verwerflich. Ja, Küsse werden von Engeln und vom Teufel gleichermaßen gegeben und sind deshalb höchst unterschiedlicher Natur.

Ein Kuss kann atemberaubend, betörend, animierend, hingebungsvoll, aufregend, erotisch, gefühlvoll, göttlich, magisch, raffiniert, sehnsüchtig, innig, leidenschaftlich, liebevoll, romantisch, tierisch, hemmungslos, überwältigend, verzehrend und zärtlich sein. Es gibt durstige, flüchtige, sanfte, ehrliche, geraubte, gefährliche, gewagte, forsche und schüchterne Küsse. Sie können abscheulich, abschreckend, belanglos, unverschämt, unheilvoll, unmoralisch, verhängnisvoll und frustrierend sein.

Und nicht zuletzt können sie süß, salzig, staubig, würzig, zart, wässrig, heiß, trocken, saftig und feucht schmecken. Ganz abgesehen von den ersehnten, ersten, begehrten, gespielten, hastigen, erweckenden, endlosen, versäumten, unverhofften, vorsichtigen und verlegenen Küssen. Und schließlich, damit sei dann Schluss: kann ein Kuss in Ehren niemand verwehren.

Auf die Hände küsst die Achtung,
Freundschaft auf die offene Stirn,
Auf die Wange Wohlgefallen,
Sel'ge Liebe auf den Mund;
Aufs geschlossne Aug' die Sehnsucht,
In die hohle Hand Verlangen,
Arm und Nacken die Begierde;
Überall sonst hin Raserei!

Franz Grillparzer (1791–1872),
österreichischer Dichter

Was ist ein guter Kuss

Der kleine Leutnant, er war der beste Reiter
und alle Herzen, sie flogen ihm gleich zu.
Er konnte küssen und tanzen wie kein Zweiter,
er kam und sah und er siegte auch im Nu.
Aus dem Schlager Schöner Gigolo, armer Gigolo

Um es gleich vorwegzunehmen, ein perfekter Kuss ist hingebungsvoll, leidenschaftlich und trotzdem zärtlich. Es ist ganz entscheidend, wie es zu dem Kuss kommt, wie der übrige Körperkontakt ist und welches Motiv dem Kuss zugrunde liegt. Und natürlich spielt es eine enorme Rolle, ob man küssend geben und nehmen kann. Kurzum: Ein Kuss ist keine Frage der Technik, vielmehr wird eine gute Kusstechnik zum Vehikel eines guten Kusses. Allein das Gefühl zählt. Nur wenn die Gefühle stimmen, kann ein Kuss umhauen, verführen oder in den siebenten Himmel katapultieren.

Eine 40-jährige Frau erzählte, dass sie einmal von einem Wildfremden auf dem Eiffelturm geküsst worden sei. Einfach so. Sie hätten sich zwar zuvor im Fahrstuhl beim Transport nach oben beäugt, aber damit habe sie keineswegs gerechnet. Vor allem, weil sowohl sie als auch der gutaussehende Fremde in Begleitung gewesen seien. Nichtsdestoweniger sei sie mit Absicht ein wenig auf der Aussichtsplattform herumgeschlendert. Paris von

Die Kunst des Küssens

»Ein Kuss, wird mancher denken,
welch eine große Kleinigkeit!«
o. A. 1775

Ihr küsst recht nach der Kunst,
sprach Julia und liebte ihren Romeo
gleich umso mehr.
Shakespeare, Romeo und Julia

Ich bin Männern begegnet,
die nicht wussten, wie man küsst.
Ich habe immer Zeit gefunden,
es ihnen beizubringen.
Mae West (1893–1980),
amerikanische Schauspielerin

»Scarlett, du musst unbedingt geküsst werden.
Das ist es, was dir fehlt …
Dich sollte einmal jemand küssen, der sich darauf versteht.«
›Und Sie meinen wohl gar, Sie seien der Rechte dazu?‹
Dialog zwischen Scarlett und Rhett Butler in
Vom Winde verweht

oben, das war die eine Sache, dieser Mann eine andere. Ein, zwei Mal trafen sich ihre Blicke erneut, bis er urplötzlich an einer nicht sogleich einsehbaren Ecke vor ihr stand. Ohne ein

Wort habe er sie in die Arme genommen und geküsst. Nichts, aber auch gar nichts habe sie in diesem Moment interessiert, nur dieser Kuss, der ihr eine Ewigkeit zu dauern schien.

Dann habe der Mann etwas zu ihr gesagt, wobei er ihr unablässig in die Augen sah. Sie verstand nichts, weil er italienisch sprach, aber beiden war klar gewesen, dass es nur diesen einen Kuss zwischen ihnen geben würde. Sie sei dann wie benommen zu ihrem Begleiter zurückgegangen, kaum fähig, die Wirklichkeit wieder zuzulassen. Noch Tage, ja Wochen habe sie an diesen Mann und den Kuss gedacht. Ohne Sehnsucht, ohne Verlangen, nur immer und immer wieder dieselbe Szene vor Augen: Sie kommt um die Ecke und wird von ihm ergriffen und geküsst.

Auf die Frage, *wie* denn der Fremde geküsst habe, antwortete sie: »Einfach himmlisch.« Bei diesem Kuss hat einfach alles gestimmt, das Gefühl, die Situation, der Moment, als der Fremde die 40-Jährige ergriffen hat, dass sich ihre Augenpaare zuvor auf irgendeine geheimnisvolle Weise verabredet hatten, dass es keine Zukunft gab …

Unendlich viele Situationen kann es geben, die vollkommen anders »gestrickt sind«, aber dennoch können die Beteiligten einen ähnlich himmlischen Kuss austauschen. Wenn beide die gleiche Wellenlänge haben. Denn nur dann kann ein Kuss diese Wirkung haben.

Unumstritten ist zudem: Was dem einen gefällt, missfällt einem anderen. Die wichtigste Voraussetzung für einen Kuss sind, und auch das ist unumstritten: Leidenschaft und Sensibilität. Wenn man für jemanden nichts empfindet, dann vermag auch der Kuss, den man gibt, nichts auszudrücken. So erfahren wir in

Alberto Moravias Roman *La Noia:* »Cecilia vermochte nicht, mich richtig zu küssen, weil unsere Beziehung nicht so war, dass sie in einem Kuss ihren Ausdruck finden konnte. Jedenfalls waren Cecilias Küsse träge, kühl und formlos wie die eines Kindes, das rasch im Wind gelaufen ist und nun eilends seinen Vater küsst.«

Der Philosoph Sören Kierkegaard (1813-1855) zum Thema Kuss

»Bald ist der Kuss schmatzend, bald pfeifend, bald klatschend, bald knallend, bald dröhnend, bald voll, bald hohl, bald wie Kattun u.s.w. u.s.w. –, – Man kann den Kuss einteilen im Hinblick auf die Berührung in den tangierenden Kuss oder Kuss en passant und den kohärierenden Kuss. – Man kann ihn im Hinblick auf die Zeit einteilen in den kurzen und den langen Kuss. Im Hinblick auf die Zeit gibt es auch noch eine andre Einteilung und diese ist eigentlich die einzige, die mir gefallen hat. Man macht dann einen Unterschied zwischen dem ersten Kuss und allen andern. Worauf hier reflektiert wird, ist ohne jede Beziehung auf das, was bei den übrigen Einteilungen ins Gesichtsfeld tritt, es ist gleichgültig gegen das Geräusch, die Berührung, die Zeit im Allgemeinen.«

Jeder küsst anders. Dennoch haben wir eine konkrete Vorstellung von einem guten Kuss. Man spricht sogar von der Kunst des Küssens. Diese Kunst, so behaupten manche, hätten wir einer energischen Königin zu verdanken, Katharina von Medici. Ob es stimmt, wissen wir nicht.

Vieles ist ja den Blaublütigen nachgesagt worden, was in Wirklichkeit den Herzen und Köpfen Normalsterblicher entfleuchte. Jedenfalls soll es in jener Zeit zum guten Ton gehört haben, vornehme junge Mädchen im Küssen zu unterweisen. Ebenso sorgsam, wie man ihnen die Kunst des Tanzens, Lautespielens und Gobelinstickens beibrachte.

Das war im sechzehnten Jahrhundert, jener Zeit, die gemeinhin als der Beginn des Barockzeitalters datiert wird. Ein Gedicht aus diesen Tagen gibt uns eine Vorstellung von jenen Küssen. Geschrieben wurde es von Paul Fleming und trägt den programmatischen Titel: »Wie er wolle geküsset sein«.

Wie er wolle geküsset sein

Nirgends hin als auf den Mund,
da sinkt's in des Herzen Grund.
Nicht zu frei, nicht zu gezwungen,
nicht mit gar zu faulen Zungen.

Nicht zu wenig, nicht zu viel,
beides wird sonst Kinderspiel.
Nicht zu laut und nicht zu leise,
bei der Maß' ist rechte Weise.

Nicht zu nahe, nicht zu weit,
dies macht Kummer, jenes Leid.

Nicht zu trocken, nicht zu feuchte,
wie Adonis Venus reichte.

Nicht zu harte, nicht zu weich,
bald zugleich, bald nicht zugleich.
Nicht zu langsam, nicht zu schnelle,
nicht ohn Unterscheid der Stelle.

Halb gebissen, halb gehaucht,
halb die Lippen eingetaucht.
Nicht ohn Unterscheid der Zeiten,
mehr alleine, denn bei Leuten.

Küsse nun ein jedermann,
wie er weiß, will, soll und kann!
Ich nur und die Liebste wissen,
wie wir uns recht sollen küssen.

Paul Fleming (1609–1640), Barocklyriker

Viele, so meinte ein Kussexperte 1775, seien des Küssens unkundig. Damit meinte er vor allem seine eigenen Geschlechtsgenossen und erteilte ihnen deshalb den Ratschlag: Halte die eine Hand an das Kinn der Frau, die andere aber an den Hinterkopf. Küsse dann mit elegantem Lippendruck. Freilich formulierte er diese Belehrung absichtlich auf Latein, denn er fügte schelmisch hinzu: »Ein Glück für uns, dass das wenigste Frauenzimmer Latein verstehet; sonst würde es diese Kunstgriffe bald errathen.«

Eine sehr viel ausführlichere Anweisung findet sich in der Zeitschrift *Jugend* aus dem Jahre 1899. Der Verliebte erfährt, wie er seiner Angebeteten einen galanten und zugleich wohlgefälligen Kuss geben kann, und sie erfährt, wie sie darauf angemessen zu reagieren hat. Die Empfehlung lautet: »Hat man die Empfindung, dass ein Kuss nicht ungelegen käme, so legt man die Rechte zart um die Mitte des geliebten Gegenstandes, erfasst dessen beide Hände und nähert sich mit einer wohlgezielten Kopfbewegung den zu küssenden Lippen. Man schließe hierbei die Augen. Die Damen sehen es gerne. Die Zeitdauer eines Kusses richtet sich nach den jeweiligen Umständen; sind die Eltern nicht in der Nähe, so mag man getrost länger verweilen. Laute und schnalzende Küsse sind nur auf dem flachen Lande üblich. Der Kuss des Städters sei lautlos. Hat die Dame den Kuss empfangen, so weiche sie ein wenig zurück und rufe: ›Aber Herr Karl, was haben Sie getan!‹ Natürlich wird ein anderer Vorname genannt, wenn der Betreffende eben nicht Karl heißen sollte. Der Herr fasst hierauf die beiden Hände der sich zur Flucht Anschickenden und flüstert: ›Du mein Abgott!‹ Die Dame erwidert mit schmollendem Ton: ›Wie schlimm Sie sind!‹ Und nun wird es sich für die Dame in den meisten Fällen empfehlen, sich zu entfernen. Man dringe nun abermals in das Mädchen und stoße ein paarmal die Bitte hervor: ›Nur noch einen Kuss, du Süße!‹ Dieser letzte wird gewöhnlich stehend, während die Dame ihren Hut wieder gerade richtet, verabfolgt und fällt in der Regel kürzer aus. Nach Verlassen der Laube spreche man die Dame wieder mit ›Sie‹ an.

Das Küssen der Hände ist nur als Aushilfsmittel üblich. Die behandschuhte Hand küsst man nur im äußersten Notfalle; an der Innenseite, vor den Knöpfen, findet sich übrigens immer eine kleine bloße Stelle, auf der ein Kuss zur Not Platz hat. Bei späteren Zusammenkünften mit Küssen entfällt das Festhalten der Hände.«

Ob die gutsituierten Damen und Herren, die sich zum Rendezvous in den Lauben trafen, wohl nach diesem Schema küssten? Zumindest können derlei Szenen vielfach in Romanen nachgelesen werden. Auch, dass das verliebte Bauernvolk beim Stelldichein wenig Gedanken an verrutschte Hüte und freie Handflächen verlor, wenn es sich mit klopfenden Herzen küsste.

Nahezu zweihundert Jahre später werden keine Gedanken mehr über die rechte Konversation während des Kusses vergeudet. Die Ratschläge sind weniger prätentiös, dafür handfest, geradeaus, und sie gelten für jeden. Schlicht und bündig heißt es:

- Geben Sie keine nassen Küsse.
- Küssen Sie nicht allzu lange auf dieselbe Art. Das könnte langweilig werden.
- Küssen Sie nicht mit schlaffen, wässrigen Lippen. Ein fester Mund fühlt sich immer besser an.
- Achten Sie darauf, dass Ihr Mund in erstklassigem Zustand ist …

Geräusche scheinen hier kein Kriterium zu sein, wenngleich sie doch den Genuss eines Kusses wesentlich mitbestimmen. Lautes Schnaufen, Zischen und Sabbern sind nicht jedermanns Geschmack. Weshalb schon ein Liebesbuch der Orientalen zu einem wohlklingenden Kuss rät. Ein Kuss, der mit lauten Geräuschen verknüpft sei, heißt es, bereite keinen Genuss. Zudem wenn es sich um einen Laut handele, der demjenigen gleiche, durch den man die Katzen rufe. Solcherlei Küsse würden sich höchstens eignen, um Kinder zu küssen oder die Hand.

Kussanweisung (1802)

»Wenn es ein freundschaftlicher hellklatschender Herzenskuss seyn soll, so zieht man die Lippen in eine runde Form, als ob man einen Kirschkern aus dem Munde herausstoßen wollte, und drückt sie auf den Gegenstand selbst auf, den man küssen will; dadurch werden die Ränder des runden Lochs so verdrückt, dass sie sich ganz an einander schließen und gar keine Oeffnung bleibt. Man verweilet in dieser Lage eine kurze Zeit, und bestrebt sich während derselben die Lippen auseinander zu ziehen, weil aber der Druck, mit dem sie durch den vordern Theil der Kiefer auf den zu küssenden Gegenstand aufgepresst sind, zu stark ist, so lassen sie sich nicht von der Stelle bewegen; zugleich zieht man den Athem stark an sich. Wenn man nun aus dieser Lage mit dem Kopfe jähe zurück fährt, und dadurch den Mund von seinem Gegenstande losreißt, so fahren die schon vorhin durch das obige Bestreben angespannten und nun des Druckes auf einmal entledigten Lippen aus einander, und die Luft fährt mit einem lauten Schnalzen zum Munde hinein.

Noch ist dabey zu merken, dass auch der geküsste Gegenstand zu dem lauteren Schallen beyträgt, weil er in dem Augenblicke, wenn unsere Lippen von einander abspringen, noch nicht weit genug entfernt ist, sogleich der eindringenden Luft im Wege steht, so dass sie sich zwischen den küssenden und den geküssten Körper durchzwängen muss, welches dem Schalle eine noch größere Lebhaftigkeit gibt. Man versuche es, einen Kuss ohne Gegenstand in die freye Luft hin zu werfen; man wird da zwar auch einen Schall hören, aber er wird nie so lebhaft und hellklatschend seyn, wie jener.«

Anders hingegen lautet der Rat nach dem *Nutzbaren, galanten und curiösen Frauenzimmer-Lexicon* von 1715. Danach sollen »die Lippen bey dem Abzug einen rechten und deutlichen Nachklang zum Zeichen des Wohlgeschmacks von sich geben«. Nahezu sechzig Jahre später heißt es in einem Roman allerdings, dass der Kuss nicht wie ein Pistolenschuss knallen solle. Auch vermeide man tunlichst »wundbare Flecke«.

Außer Frage steht wohl, dass nach heutigem Geschmack ein Liebeskuss keineswegs wie ein Kinderkuss oder freundschaftlicher Kuss klingen sollte. Er würde sonst den falschen Eindruck vermitteln, und es wäre dann fast so, als habe man den gegebenen Kuss deklassiert. Umgekehrt bietet es sich an, einer Kussanweisung aus dem Jahre 1802 zu folgen, um eindeutige Kusssignale zu geben. Nach diesem Kuss weiß dann ein jeder: Liebe ist nicht mit im Spiel.

Es gibt viele Dinge, die einen guten Kuss ausmachen. Sie zu benennen ist allerdings nicht ganz einfach. Denn jeder hat individuelle Vorlieben. Der eine mag es, wenn zwischen den Küssen zärtlich gesprochen wird, ein anderer findet nichts schlimmer als das. Manche mögen es, wenn beim Schmusen die Lippen abgeleckt werden, und manche empfinden es als abscheulich. Dann gibt es wieder Menschen, die mit Hingabe Lippen und Zunge beknabbern, wohingegen für andere Knabbern das Allerletzte ist.

Einfühlsame und scheue Menschen meiden Küsse in der Öffentlichkeit, wohingegen es Kusspaare gibt, für die es ein besonderer Reiz zu sein scheint, ihre Gefühle zur Schau zu stellen. Auch wohin geküsst wird, ist nicht ohne Bedeutung. Nicht jedermann ist beispielsweise für das Küssen der Ohren zu begeistern. Unangenehm können sich auch saugende oder leckende Kussarten auswirken. Es ist eben alles eine Geschmackssache und eine Angelegenheit der Empfindungen.

Eines kann man mit Sicherheit sagen: Was beim Küssen dem einen wohlige Schauer über den Rücken treibt, kann bei einem anderen die Nackenhaare aufrichten.

In der blossen Bewegung
der Lippen gegen einander liegt,
mechanisch betrachtet,
nichts vergnügendes …

Gottlob Hebold (geb. 1731)

Allerdings ist sich die Mehrzahl darüber einig, was einem das Küssen verleidet. An erster Stelle steht der Mundgeruch. Dann das zu feste Aufdrücken und harte Berühren von Lippen und Zunge. »Abtörnend« wirkt es auch, wenn zu viel Speichel fließt und Bartstoppeln die Lippen traktieren.

Für alle, die noch unsicher beim Küssen sind, gilt deshalb: üben, üben, üben …! Denn wie die englische Schriftstellerin Jeanette Winterson ganz richtig schreibt:

»Um gut zu küssen,
muss man küssen und nichts anderes …
Keine grapschenden Hände
oder stammelnde Geständnisse.
Die Lippen und nur die Lippen
sind das Vergnügen.«

Test
Küsse ich gut?

Ein guter Küsser oder eine gute Küsserin zu sein wünscht sich wohl jeder. Viele glauben von sich, gut zu küssen. Doch stimmt die eigene Einschätzung? Nach Beantwortung der folgenden vierzehn Fragen wissen Sie mehr.

1. *Ich küsse*
   a) ausgesprochen gern
   b) gern
   c) geht so

2. *Gute Küsse sind eine Frage des Alters*
   a) keineswegs
   b) nur in Ausnahmefällen
   c) das ist richtig

3. *Entweder kann man gut küssen oder man kann es nicht*
   a) stimmt nicht
   b) stimmt bedingt
   c) stimmt

4. *Ich kann nur küssen, wenn ich in Stimmung bin*
   a) ja
   b) kommt drauf an
   c) nein

5. *Ohne Küssen kein guter Sex*
   a) stimmt
   b) stimmt bedingt
   c) stimmt nicht

6. *Dass ich gut küsse, hat man mir gesagt*
   a) schon häufiger
   b) selten
   c) noch nie

7. *An gute und schlechte Küsse kann ich mich erinnern*
   a) sehr gut
   b) kaum
   c) gar nicht

8. *Wenn ich verliebt bin, denke ich ans Küssen*
   a) oft
   b) manchmal
   c) selten

9. *Küsst jemand anders als ich, kann ich mich darauf einstellen*
   a) meistens
   b) manchmal
   c) überhaupt nicht

10. *Um zu erfahren, ob meine Küsse gut ankommen, habe ich schon nachgefragt*
    a) häufiger
    b) manchmal
    c) noch nie

11. Körperküsse sind ein hervorragendes Liebeselixier
a) stimmt
b) stimmt bedingt
c) kommt drauf an

12. Ich habe schon jemanden mit meinen Küssen verführt
a) häufig
b) selten
c) noch nie

13. Ich küsse auch unterhalb der Gürtellinie
a) oft
b) selten
c) nie

14. Mit einem guten Kuss kann man bei mir alles erreichen
a) oft
b) immer
c) manchmal

Auswertung:
Für die Beantwortung der Fragen sind folgende Punkte vorgesehen:
a = 10
b = 7
c = 5

129 bis 140 Punkte
Sie sind äußerst kussfreudig. Ohne Probleme können Sie Ihrer Kusslust auch bei ungewohnten Küssen nachgehen.

In der Liebe stellen Sie sich auf Ihr Gegenüber ein und sind durchaus selbstkritisch: die beste Basis für ein erfülltes Liebesleben.

Da Sie glauben, dass das Küssen nicht vom Himmel fällt und ihm keine Altersgrenzen gesetzt sind, werden Sie wohl lebenslang gerne küssen. Doch Vorsicht, seien Sie nicht enttäuscht, wenn Ihr Partner oder Ihre Partnerin nicht so gern küssen. Denn einer Studie zufolge küssen lediglich 51 Prozent so leidenschaftlich gern wie Sie.

80 bis 130 Punkte

Sie stehen dem Küssen eher pragmatisch gegenüber. Ein besonders guter Küsser sind Sie folglich nicht, weil es Ihnen an wahrer Kussbegeisterung fehlt. Dennoch küssen Sie eigentlich recht gern. Wollen Sie ein vollendeter Küsser werden, dann müssen Sie selbstkritischer sein und auch dazulernen wollen.

Einen Partner oder eine Partnerin zu finden, die bezüglich des Küssens ebenso veranlagt sind wie Sie, sollte nicht schwerfallen. Denn nahezu jeder zweite Mann und jede dritte Frau halten es mit dem Küssen ebenso wie Sie. Denken Sie daran, dass der Kuss der Schlüssel zur Liebe ist!

Unter 79 Punkten

Sie sind ein echter Kussmuffel, vielleicht können Sie aufs Küssen sogar ganz verzichten. Um ein guter Küsser zu sein, fehlt es Ihnen völlig an Kussleidenschaft und diesbezüglicher Selbsteinschätzung.

Eine glückliche Liebesbeziehung lässt sich in Ihrem Fall deshalb nur aufbauen, wenn Ihrem Partner oder Ihrer Partnerin das Küssen genauso gleichgültig ist.

Die Aussichten, dass Sie einen solchen Partner oder eine Partnerin finden, sind allerdings nicht besonders günstig, da laut einer Studie lediglich 8,3 Prozent der Frauen und 12 Prozent der Männer genauso veranlagt sind wie Sie.

Ausgewählte Literatur

o. A. (1998) [1992]: *Der Kuss. Momente der Liebe und der Leidenschaft.* München.

Die fünf Sinne. Ihre Einflußnahme und Wirkung auf die Sexualität des Menschen (1932), Bd. 4/5. Wien/Leipzig. (Autoren u. a. Rudolf Lothar und Oskar Franz Scheuer)

Hebold, Gottlob (1777): *Ueber den Kuß und die Langeweile.* Sorau.

Heine, Heinrich (1985): *Gedichte.* Berlin und Weimar.

Hempel, Friedrich [Spiritus Asper] (1978) [1805]: *Aphorismen über den Kuß. Ein Geschenk für die kußlustige und kußgerechte Welt.* Frankfurt am Main.

Librowitz, Siegismund (o. J.) [1877]: *Der Kuß und das Küssen.* Wiesbaden.

Liebeslyrik des Barock (o. J.). Genf.

Lothar, Rudolf, siehe *Die fünf Sinne*

Scheuer, Oskar Franz, siehe *Die fünf Sinne.*

Stern, Bernhard (1903): *Medizin, Aberglaube und Geschlechtsleben in der Türkei. Mit Berücksichtigung der moslemischen Nachbarländer und ehemaliger Vasallenstaaten,* 2 Bde. Berlin.

Über den Kuß und das Küssen. Eine historisch-juridisch-medizinische Abhandlung (1802). Wien.

»Von dem Rechte des Frauenzimmers gegen eine Mannsperson, die es wider seinen Willen küsset« (1775): In: Beyträge zu der juristischen Litteratur in den preussischen Staaten. II. Abschnitt: Abhandlungen und Bemerkungen über verschiedene Gegenstände, S. 125–147. Berlin.

Empfehlungen zum Weiterlesen

Ebberfeld, Ingelore (2004): *Küss mich. Eine unterhaltsame Geschichte der wollüstigen Küsse.* München.

Fauche, Xavier/ Christiane Noetzlin (1990): *Küsse mich, sonst küss ich dich.* Frankfurt am Main/Berlin

Maurer, Doris (Hg.) (1998): *Der Kuß. Von der schönsten Sache der Welt.* Frankfurt am Main.

Sachs, Maryam (1991): *Der Kuß.* München.

ANNE WEST

Erste Hilfe für Verliebte

Die besten Tipps für leidenschaftlichen Sex, rauschende Romantik und ein Leben voller Liebe

Verloren im Strudel der Gefühle? Den Wahnsinn des Verliebtseins kennt niemand besser als Anne West, die wohl erfolgreichste Erotikratgeberin der Nation. Nie liegen Glück und Unglück, Allmachtsgefühle, Ängste und Selbstzweifel so dicht beieinander wie in diesem manisch-panischen Zustand, wenn alles Denken nur um den einen kreist: Wie kann ich ihn rumkriegen? Ist es diesmal wirklich der Traummann? Wie soll es nach der ersten Nacht weitergehen? Anne West präsentiert taufrische Tipps, Tests und Träume für alle hoffnungsvoll und alle hoffnungslos Verliebten. Erotisch, sinnlich, romantisch.

KNAUR TASCHENBUCH VERLAG

NINA GEORGE

Herzkönigin

So liegen Ihnen die Männer zu Füßen

Der Herzkönigin liegen die Männer zu Füßen, denn: die Königin ist stark genug, um schwach zu werden. Die Königin nimmt sich, was sie braucht. Die Königin liebt sich selbst – und findet so die große Liebe. Die Königin ist unverwechselbar sie selbst. Jede Frau kann eine Herzkönigin sein – aber weil Frauen glauben, ohne Mann nichts wert zu sein, verleugnen sie sich selbst. Schluss damit! Nina George zeigt, wie Frauen ihr Selbstbewusstsein und das Vertrauen auf ihre innere Kraft zurückgewinnen. Wie sie mit ihren Sehnsüchten umgehen und Beziehungen voller Unabhängigkeit und Hingabe zugleich leben. Wie sie stark und lässig, romantisch, phantasievoll und mutig sind. Dann liegt ihnen die Welt zu Füßen, denn sie sind: die Königin.

KNAUR TASCHENBUCH VERLAG

PETER PRANGE

It's my life

Anleitung zum Selber-Leben

Peter Prange macht Mut, auf unsere innere Stimme zu hören und unseren eigenen Weg zu suchen, einen Weg, der für uns selbst der richtige ist, ganz egal, was die anderen sagen oder denken. Ein unterhaltsamer und hintergründiger Erfolgs-Kurs! So populär wie Dale Carnegie, so intelligent und geistreich wie Paul Watzlawick.

KNAUR TASCHENBUCH VERLAG